庄先生

广陵绝

道枢

庞贝◎著

知识产权出版社

图书在版编目（CIP）数据

道极 / 庞贝著. —— 北京：知识产权出版社, 2018.11

ISBN 978-7-5130-5743-1

Ⅰ. ①道… Ⅱ. ①庞… Ⅲ. ①话剧剧本－作品集－中国－当代

Ⅳ. ①I234

中国版本图书馆CIP数据核字（2018）第184602号

责任编辑： 卢媛媛　　　　**责任印制：** 刘译文

道极

DAO JI

庞贝　著

出版发行：	知识产权出版社有限责任公司	**网　　址：**	http：// www. ipph. cn http：//www. laichushu. com
电　　话：	010－82004826		
社　　址：	北京市海淀区气象路50号院	**邮　　编：**	100081
责编电话：	010－82000860转8597	**责编邮箱：**	luyuanyuan@cnipr.com
发行电话：	010－82000860转8101 / 8029	**发行传真：**	010－82000893 / 82003279
印　　刷：	三河市国英印务有限公司	**经　　销：**	各大网上书店、新华书店及相关专业书店
开　　本：	880mm×1230mm　1/32	**印　　张：**	6.5
版　　次：	2018年11月第1版	**印　　次：**	2018年11月第1次印刷
字　　数：	166千字	**定　　价：**	35.00元

ISBN 978－7－5130－5743－1

目录

CONTENTS

▶ 自序

让戏剧回归文学

戏剧是不是文学？这其实是一个伪命题。持此疑问的人早已忘了莎士比亚，莎士比亚只是一个剧作家，而他却是人类文学的“众神之神”。时间再拉近些，我们看到在诺贝尔文学奖百余年历史进程中，也有尤金·奥尼尔、萨缪尔·贝克特和哈罗德·品特等人纯粹以自己的戏剧创作获得这项大奖。在世界文学的大视野中，戏剧当然是文学，这是一个不争的事实。话剧是舶来品，而在西方文化的原典时代，亚里士多德的《诗学》讲的就是戏剧。那么，为何我们这里的某些人会有这样的疑问？更为客观的原因是，在这个“娱乐至死”的时代，我们的戏剧离文学越来越远了，正如当下的中国电影，充斥舞台的大多是脑残而热闹的搞笑作品（以喜剧的名义），就数量而言，这类快餐式作品俨然已成市场主流，人们看到的是一片肤浅的热闹，一片平庸的繁华。

当今中国戏剧形形色色“去文学化”现象的出现，也与西方“后戏剧剧场”之类理论的影响有关。《后戏剧剧场》是德国戏剧家汉斯·蒂斯·雷曼于1999年推出的划时代力作，雷曼用“后戏剧剧场”这一术语，涵盖了二十世纪七十年代至九十年代欧美剧场艺术中的一种变革趋势。“后戏剧剧场”反对以文本（剧本）为中心，更强调剧场艺术各种手段（文本、舞台美术、音响音乐、演员身体等）的平等关系。在欧美剧场，“后戏剧剧场”理论的实践已产生了不少杰作。然而，这个理论被我们搬过来，照例又遭到了误读和误用，虽然也有一些创作者力图按“后戏剧剧场”理论打造新作品，更突出演员身体的表意能力及舞台多媒体技术的使用，但更多的情况却是很多人将这一理论当作贬低剧本重要性的借口，于是便有种种即兴和拼凑式炮制，缺乏戏剧所应有的力度、美感、精神和灵魂。

一个严峻的事实是，当今中国戏剧在原创性和艺术性上并无多大进步，在诸多方面反倒是有很多退步。这已是戏剧界的共识。导致这个结果的客观原因是粗制滥造的生态，而主观原因是很多创作者“小富即安”，不思进取，而戏剧之文学性的流失便与此互为因果。

2016年4月15日晚，第10届“华文戏剧节”颁奖盛典在香港大会堂隆重举行，中国内地话剧

《庄先生》夺得“华文戏剧节”最佳编剧奖。2016年适逢汤显祖和莎士比亚两位东西方戏剧巨匠逝世400周年，他们以自己的戏剧文本而不朽。华文戏剧节评委会认为，《庄先生》的出现是中国原创戏剧向文学性回归的一个重要标志，面对当今戏剧过度商业化和低俗化的大趋势，第10届大奖褒扬文学性强的高品质戏剧作品，亦是向所有经典戏剧大师和经典剧作文本致敬的一种方式。

《庄先生》是一部好看的戏剧，也是一部有营养的戏剧。在中华文明原生时代的诸多先哲中，唯有庄子最具契合现代人心灵的魅力。《庄先生》呈现给观众的是我们曾经有过的一种文化资源，这是一种足可使迷失在物欲中的今人有所感悟的精神气质。

这是一部有灵魂的戏剧，这部戏的创作无疑是来自契诃夫和贝克特的启示，而在国家话剧院先锋剧场的首演中，导演和演员们也是以排练契河夫戏剧的方式做出了精彩的呈现。这也是一部有形式的戏剧。戏剧形式究竟还有多少突破的空间？在一个线性故事中实现多维叙事的可能性有多大？《庄先生》便是在一个“历时性复调”的结构中呈现出一个立体的人：古代的庄周与现代的庄生，他们其实是同一个人。确切来说，是同一个人在不同维度中的形象，而不同时空中的叠影却是以线性顺序来串连。这无疑是一种具有原创意义的戏剧叙事方式，也是最契合此剧主题的“有意味的形式”。庄周梦蝶，蝶梦庄生，剧情主题本身即是一种结构性隐喻。与此相应，极简主义的舞美设计也为此剧营造出另类“盗梦空间”。《庄先生》以此呈现庄子哲学的现代启示，以文学性为戏剧招魂。

自2014年12月首演至2016年7月，短短一年多时间此剧即在国内外演出近逾百场，其国内演出多是在国家话剧院先锋剧场、北京人艺实验剧场、上海话剧艺术中心、香港文化中心等高端话剧演出场所进行。这部2015年度中国小剧场票房十佳作品也以其卓尔不群的人文品质和文学性赢得了好口碑。

著名戏剧评论家王蕴明先生如此描述初读剧本的感受："亦古亦今，亦真亦幻，亦庄亦谐，亦情亦思，这是一部不同凡俗的剧作。数十年间，读戏、看戏，诚可谓多矣。或如登名岳大川，气势恢宏，心旷神怡；或如入嘉林蕙苑，鸟语花香，沁人心脾。而读此剧，如入莽林幽谷，别有洞天，渺然冥濛，思深怀远。"著名文学评论家孟繁华教授如此描述他的观感："很久没看到这样成熟的国内原创戏剧了，感到很震动！如此的思想力度和文化含量，在荒诞和反讽中把这样一种悲剧性写得如此深刻，当今的戏剧创作中实属鲜见。与其他艺术品种不同，甚至也与戏曲不同，话剧艺术更依赖'一剧之本'，而此剧的文本构思竟是如此缜密，复调结构的场景转换也可谓天衣无缝，近两个小时无幕间休息的演出能让人安静地看完，足以说明这部戏很有魅力、很有张力，也很抓人。对于这部作品的主题，可以有很多的解读方式，也有无限的解读空间。这是与中国传统文化的对话，也是与西方现代戏剧的对话。终于有这样一部戏剧作品，对于西方现代艺术不是‘跟着说’或‘接着说’，而是‘对着说’，这是真正的对话。这种对话的前提是对中国本土文化资源的激活、拓展和转化。往大处说，文化战略是由无数细节构成的，只有基于无数像《庄先生》这样的作品积累，才有望构建一个真正的文化强国。”

这的确是一部可以“走出去”与世界戏剧对话的作品。2016年6月，《庄先生》作为唯一获邀的中国戏剧赴第34届韩国戏剧节演出，受到韩国观众的热情追捧。一个有趣的背景是，在21世纪这十几年的韩国大学论文中，“庄子”出现的频率远高于古今其他名人，包括韩国本土的历史名人。

韩国是深受中国传统文化思想影响的近邻，而在人文背景与中国不同的西欧，此剧也引发了观众的共鸣。2016年7月，《庄先生》在当今顶级国际戏剧节——法国阿维尼翁戏剧节演出25场，成为近年赴阿维尼翁戏剧节演出场次最多的中国戏剧之一，且被国际戏剧节权威人士评价为阿维尼翁最好的中国戏剧，也被国内权威媒体誉为中国戏剧“走出去”的又一成功范例。因获国家艺术基金资助，2017年7月《庄先生》再度赴法国阿维尼翁戏剧节演出。

欧洲观众看到了庄子的现代性，他们从庄子身上看到了尼采、海德格尔、萨特和加缪等西方现代哲学家的身影。英国诗人西蒙·狄金森看完演出说，他虽然跟不上法文字幕，但仍可“凭感觉”看懂故事。“《庄先生》像我的诗歌一样，探讨的是在物质社会如何保持个体尊严的主题，也有一种流浪的情绪。”狄金森先生说。

《庄子》是中国文学的原典和极品，庄子与亚里士多德算是同时代人。在人类文明的那个轴心时代，东西方文明的智者似乎有着某种神秘的感应。庄子的自然哲学不仅与古希腊文化有着种种神秘感应，庄子的生命哲学与西方近现代哲学也有着诸多契合。斯宾诺莎的泛神论、与弗洛伊德的梦学，尤其是尼采的超人哲学，我们可以从庄子思想中找到很多与之对应的元素。这便是庄子哲学的现代性。

庄子的《齐物论》讲的是平等，《逍遥游》讲的是自由，这都是当今国际语境中能够引发共鸣的艺术元素，也是能令法国乃至欧洲观众感到亲切的价值理念。

法国戏剧编导朱利安·哲拉斯是中国戏剧赴阿维尼翁之路的见证者，他是土生土长的阿维尼翁人，其父杰拉尔·哲拉斯是所有中国戏剧参加的戏剧节OFF单元创始人之一。朱利安在接受记者采访时表示，很多来阿维尼翁的中国戏剧苦于语言障碍常过度依赖肢体表现，或仅满足于展示中国文化符号，甚至只为来“镀金”而非为艺术；而《庄先生》内涵深刻，将一位两千多年前的思想家塑造得具象生动，同时表达了人类向往自由的生存状态。“毫无疑问，《庄先生》是近年来阿维尼翁戏剧节的中国戏剧中最好的一部。”

透过岁月的迷雾，我们看见那些不灭的身影。他们是一种真实的存在，也是中国人的精神坐标。有哲人言：中国人外表是儒家，内心却都有一个庄子。有外人言：庄子哲学最有现代感。

庄子是“千古逍遥第一人”，他也是中国历史上最“任性”的人。“任性”是时下的热词，而庄子早就在那里。无论你见或不见，他就在那里，在我们文化的源头。为“任性”一词正本清源，我们看见了庄子。

他是一个“任性”的人，他也是一位“真

人”。庄周何以成为庄子？庄周何以成为“真人”？这便是《庄先生》这部舞台剧所要展现的主题之一。同为道家创始人，庄子却不同于老子。这也是清人胡文英在《庄子独见》中的洞见：庄子眼极冷，心肠最热。眼冷，故是非不管；心肠热，故感慨万端。虽知无用，而未能忘情，到底是热肠挂住；虽不能忘情，而终不下手，到底是冷眼看穿。

庄真人不“装”。这是一个会生气的庄子。他会生气，也会拒绝，最终也能超脱。不为物役，回归生命的本真与自然。《庄先生》呈现给观众的是我们曾经有过的一种文化资源，这是一种足可使迷失在世俗中的今人有所感悟的精神气质。虽不能至，心向往之。若有所悟，你将拥有“一种可能的生活”，你将活得更自在。这是一种生命的大自在。我们来到剧场，其实是跟庄子一起深呼吸。

在先秦诸子百家中，庄子无疑是那个最有趣

的人。有趣的人是越来越少了，庄子给我们的启示是：你可以在一个无趣的世界活得有趣些。

《庄先生》便是如此以原创性舞台剧形式还原庄子形象，国内外巡演的成功也佐证一种意义，这便是传统文化资源的现代价值。

春秋战国时代，那是中国思想文化的第一座高峰，那是中国人精神的原乡。逮至秦汉之后，中国思想文化出现另一高峰，这实乃一场文化复兴，而在这场文化复兴中，嵇康成了庄子生命哲学的殉道者。

舞台剧《广陵绝》呈现给观众的是嵇康的生命体验。嵇康临刑弹一曲《广陵散》，《广陵散》再现古义士聂政事迹，而聂政姊聂嫈故事堪与古希腊经典悲剧《安提戈涅》（Antigone）相媲美。

曹魏末年，司马氏篡位在即，魏都洛阳一片

血雨腥风。“天下第一男神”嵇康隐居山阳竹林，时以打铁为乐。他因为朋友冤案申辩而受牵连入狱，实因是他傲世独立的做派早已为司马氏所不容。在朝为官的好友山涛好心斡旋，嵇康可免一死，但要以出卖人格为代价。君子行道，忘其为身。嵇康选择了死亡。临刑前，嵇康从容弹奏一曲《广陵散》。

神秘古曲《广陵散》呈现战国末年聂政刺韩相故事。聂政流落齐国以打铁为生，韩大夫严仲子有意与他结交。为报严仲子知遇之恩，聂政信守诺言赴韩国为他复仇。在韩都阳翟，聂政以琴艺进见韩相。韩相虽是恶人，但也有琴乐之雅好。聂政从琴匣取剑刺杀韩相，尔后逃离相府。为使严仲子和家人免受连累，聂政以剑挖眼毁容，又剖腹自杀，其身份遂不可辨识。聂政姊聂嫈孤身来韩都，她不顾国君禁葬令，决意要掩埋弟弟的尸体。她要为弟弟扬名，且至死不肯说出聂政的雇主，她不想为一己求生而辱没聂政的义名。

时辰到。琴弦断。嵇康引颈就戮。

这古曲余韵袅袅，历千载而不绝。

嵇康与聂政由同一演员饰演，他们合二为一，构成中国传统文化之“道义”价值的载体。所谓“琴心剑胆”，琴心是“道”，剑胆是“义”；嵇康是“道”，聂政是“义”。“道”“义”合一，而在“义”故事中，聂政姊聂嫈事迹与古希腊悲剧杰作《安提戈涅》又有着惊人的相似。

古希腊戏剧既是西方戏剧的起源，亦是难以逾越的高峰，而索福克勒斯的《安提戈涅》是近年来全球演出频率最高的古希腊悲剧。每年都有世界各地的剧团在排演《安提戈涅》，仅以当今顶级国际戏剧节为例：

2015年法国阿维尼翁戏剧节IN单元推出著名影星朱利叶·比诺什主演的《安提戈涅》；

2016年法国阿维尼翁戏剧节OFF单元有不同国家五个版本的《安提戈涅》同时上演；

2017年法国阿维尼翁戏剧节IN单元的开幕大戏是日本人宫城聪执导的《安提戈涅》；

2018年法国纯真剧团《安提戈涅》在中国多个城市巡演（此剧先在阿维尼翁打响）；

阿维尼翁戏剧节IN单元总监奥利维耶·皮执导的《安提戈涅》也是2018年IN单元剧目。《安提戈涅》也是英国爱丁堡艺术节长演不衰的经典剧目。

如上这些版本的《安提戈涅》常年在世界各地巡演。即便在中国，近年也有北京导演李六乙的“实验版”《安提戈涅》和香港导演邓树荣的“全女版”《安提戈涅》。

《安提戈涅》是索福克勒斯的不朽之作，也是古希腊悲剧的典范之作。在黑格尔看来，《安提戈涅》是“历史上最卓越的艺术品”。

《安提戈涅》也是西方文明中最重要的文化文本之一，克尔凯郭尔、荷尔德林、德里达、拉康等人对此也都有自己独特的解读和阐释。在西方法律文化体系中，“安提戈涅之诉”是自然法理论的源头。

马尔克斯的《百年孤独》被很多人视为“20世纪最伟大的小说”，而《百年孤独》的雏形是他出版于1955年的处女作《枯枝败叶》。“马孔多小镇”“席卷小镇的狂风”“香蕉公司”“奥雷连诺上校”，诸如此类的《百年孤独》的知名地标和形象在《枯枝败叶》中即已出现。最为重要的是，马尔克斯以此确定了他的创作主题：孤独。

《枯枝败叶》也被人认为是一个《安提戈涅》式的故事：《安提戈涅》写的是一个为“国家的敌人”收尸的故事，《枯枝败叶》写的是一个为“小镇的敌人”收尸的故事。

马尔克斯在《枯枝败叶》扉页上印上了《安

提戈涅》的一段话：“至于惨死的波吕尼刻斯的尸体，据说已经出了告示，不准任何人收殓，不准为他掉泪，就让他暴尸野外，不得安享哀荣，任凭俯冲而下的秃鹫吞噬他，饱餐一顿。听说，针对你我，或者说针对我，仁君克瑞翁已命人四处张贴这份告示。他也将来到此地，向那些尚不知情的人宣示此令。此事可是非同小可，谁敢抗命不遵，就将死于民众的乱石之下。”

在《广陵绝》这部戏剧中，来自司马迁等史家的聂嫈为弟弟收尸的故事，就是安提戈涅为哥哥收尸的故事。波吕尼刻斯与聂政，他们的行为固然自有其意义，而他们的姊妹，安提戈涅和聂嫈，她们的事迹却具有更为动人的魅力。

从某种意义上来说，很多经典作品都是同一部作品。

与其他以竹林七贤和嵇康为题材的就事论事的作品迥别，《广陵绝》是嵇康与聂政的“角色同构”，亦是“道义同构”。“道义”精神是中国传统文化的一个重要资源，这个资源也具有特别的现代性："道"（大道至简，无为，自然）契合现代文明的社会发展理念；"义"（一诺千金，诚信，利他）也与商业社会所尊崇的契约精神相通。因此，除了这些有趣的人物和感人的剧情，这部作品的人文价值也会令当代观众有特别的感应。

琴剑是精神镜像，是道义的象征。为"道义"立典范，亦是这部作品独特价值之所在。尤其是在当今这样一个诚信缺失的时世，聂政姊弟感天动地的事迹也会给当今观众以心灵的震撼和精神的升华。

舞台剧《广陵绝》将于2019年初北京首演并开始全国巡演，2020年开始国际巡演（英国、法国、意大利和希腊）。向莎士比亚致敬，更是向古希腊悲剧致敬。

天地有大美而不言，而今我们却是以话剧的

形式呈现这种美。回望历史，我们确认这是一种稀缺的美学资源。道可道，非常道。道极之妙，美在其中。与传统文化对话，与古希腊悲剧对话。让戏剧回归文学，以灵魂为戏剧赋形。

万物沉寂

一只蝴蝶在飞

在无何有之乡

在你的呼吸之间

庆先生

Life After Life

人物表

（每组角色均由同一演员扮演）

庄周　公元前369年—前286年。战国时期道家先哲，“千古逍遥第一人”。

庄生　北京某高校人文学院考古学专业“终身副教授”。

田氏　庄周妻。古时宋国人。

田晓蝶　庄生妻。现代舞蹈家。

楚王孙　庄周时代的楚国公子，比庄周年轻些。（第三幕楚王孙之孙亦由同一演员扮演）

楚院长　庄生所在大学学院院长，比庄生年轻帅气些。

桃花 庄周时代的小寡妇，后嫁给监河侯，比庄妻年轻些。

陶花 楚院长包养的“二奶”，她也是庄生住院病房的小护士。

得意 古人庄周的学生。此人在第三幕中扮相仍如第一幕，似是不老之人。

警察 测谎员，也是便衣探员。

曹商（第一幕）、**孔方**（第二幕）、**监河侯**（第三幕）、**杨大夫**（第四幕）为同一中年男。

【开场】

〔天籁般的低吟，这是掠过荒野的风声，也是古朴神秘的箫声，沉缓、滞涩而破碎，如幽泣，如呜咽。

〔黑暗中的击鼓声。庄生读《庄子》，神思回游到古代。

庄生　（《庄子·逍遥游》）北冥有鱼，其名为鲲。鲲之大，不知其几千里也。化而为鸟，其名为鹏。鹏之背，不知其几千里也，怒而飞，其翼若垂天之云。是鸟也，海运则将徙于南冥。南冥者，天池也。……小知不及大知，小年不及大年。奚以知其然也？奚以知其然也……朝菌不知晦朔，蟪蛄不知春秋，此小年也。楚之南有冥灵者，以五百岁为春，五百岁为秋。上古有大椿者，以八千岁为春，八千岁为秋。而彭祖乃今以久特闻，众人匹之，不亦悲乎！……若夫乘天地之正，而御六气之辩，以游无穷者，彼且恶乎待哉？故曰：至人无己，神人无功，圣人无名！

〔后景台侧有一丛野芦苇。庄周经过野芦苇走来。

【第一幕】

〔暮春。年轻庄周自后景来。相貌清奇，乌发散乱。神形飘逸，如闲云野鹤。

庄周 在我还叫庄周的时候，这个世界也还年轻。山是山，水是水，兽是兽，人是人。六合之内，四时分明。天地之间，自有真气。这个世界也还年轻，我庄周也还年轻。（停顿。屈身弯腰打个很响的口哨，此即“长啸”。）

〔啸声引发女人的号哭声。

〔暗转。芦苇丛隐。

〔光起。路边坟场。

〔小寡妇听到啸声渐近，便边哭边用力扇坟。蒲扇栩栩然扇动，宛若一片蝶翅。这女子小巧玲珑，一身缟素。庄周优哉游哉沿路走来。这小寡妇佯装不觉，只是赌气似地用力扇坟土。庄周走近。小寡妇忽然扔下扇子，发出更响的哭声。庄周默然伫立。

庄周　小娘子节哀！人死不能复活，哭到几时是头啊！

〔小寡妇哭声戛然而止，抬头怯生生望着这陌路人。庄周微微一笑，她也就不再拘谨。

庄周　回家吧，又要下雨了。

小寡妇　（抬头望天，失声惊叫。惊叫之后她的嘴巴就张着，旋即又放声号哭）我可怎么活啊——这老天爷怎么光下雨啊——（两声号唱之后，这小寡妇忽然收声。她依旧趴在地上，那姿势便有些木然）

庄周 你拿这蒲扇扇坟……

〔小寡妇缓缓抬起头。脸上依然挂着泪花，表情却有些平静了。

小寡妇 （轻叹一声）我男人留下话儿，说是我若遇上个相好的，就不必再给他守寡……

庄周 没错，这话倒也在理，活人不必为死人守寡。

小寡妇 （又叹气）可我不是一个很随便的人，我倒不是要装清纯。只是这死鬼临了有话儿，说要等坟土干了才能嫁，可老天爷就这么光下雨啊……

庄周 （笑）何苦来哉！你这般扇坟也是徒劳，等这阴雨天一过，坟土不就自然干了？

小寡妇 人家等不及嘛！

庄周 这我可就纳闷了，再急也何至于这样急！

小寡妇 （眼波流转，便有几分风骚和娇嗔）偏有这些废话！人家已经有了嘛！

庄周 （认真地）旧的不去，新的不来，这我明白。只是这阴魂还没散，你再急也何至于……

〔小寡妇下意识地望着自己微微隆起的腹部，素衣之下透出桃红色的纱裙。庄周恍悟。

庄周 （击节感叹）好哇！原来是有鬼！无中生有，有生于无啊！

〔远处传来隐隐的雷声。他们望着雷声传来的方向。

庄周 庄某一向在外谋事，村里新人都见着陌生。敢问你是谁家的媳妇？

小寡妇 （恨恨地）这桃花坞让我成了小寡妇，我也就不再是谁家的人！

庄周 那你总还是有个名字……

小寡妇 名字倒也有一个，爹娘起名叫桃花。

〔收光。暗转。

庄周 我听到那鸡犬之声，也望见那人间烟火。

我是一个有家的人，我本该常回家看看，无奈何公务缠身，顾了这头便顾不得那头。其实公务也没那么忙，但我毕竟还得做学问，这便难有空闲了。……现在好了。到家了。

〔舞台另一侧光起。庄妻田氏在院内舂米。她双手抱着木杵，有些吃力地捣着石臼。这少妇荆钗绾髻，细腰丰臀，清雅冷艳中有几分落寞。

庄妻　喜鹊叫，心儿慌，快快舂米后梳妆。盼得良人归，粗茶淡饭香。添干柴，拉风箱，熬他一锅大补汤。（作拉风箱状）

〔庄周的身影飘然出现在门口。庄妻浑然不觉，自顾拉着风箱。庄周在她身后悄悄摸着她的脚后跟。

庄妻　大白天的……有的是时候……

庄周　是啊！有的是时候！反正我是不去了！

庄妻　（愕然回首，怔怔地，也许她没想到是庄周）……不去了？……你是说不去漆园了？

庄周　我辞了。

庄妻　（吃惊地）辞了！说得轻巧！那可是吃公粮的美差呀！漆园虽小，可毕竟也是官园。

庄周　憋屈！不自在！我是吃不了那个气！

庄妻　（失望地）你若吃得下那个气，我也就成了官夫人。那漆园虽说离家不过三里地，去了那边可就是官眷，原本盼着跟你去享福……

庄周　我可不想活给别人看！不过是小小一个漆园吏！我却要忍受那憋屈！人家不过是偷了一桶漆，你就得剁掉他一只手！法不容情啊！你若不执法，那些小人就告你状！

〔停顿。

庄妻　不过是偷了一桶漆……那……偷了？

庄周　偷了。

庄妻　你就得剁掉他一只手！……那……剁了？

庄周　放了。

庄妻 辞了？

庄周 辞了。

庄妻 （略停顿）完了……

庄周 （忽然上火）一把斧头举起来，剁掉人的一只手。无数把斧头举起来，砍掉那些树枝和树皮。那是一样的残忍！那些漆树的树皮被剥开，皮开肉绽！我看见树身在流血，也看见那些树木在流泪，每当夜风吹过，我听见那些树叶沙沙响，那不是树叶在低语，它们是在呻吟和哭泣……百里千刀一两漆！那些乌黑闪亮的油漆，也只是用来为官家们涂门面，只为让他们显得更高贵。窃钩者诛，窃国者侯。我这漆园吏又作何用？我只不过是他们的一条狗，一条看园子的狗！我若看不好这园子，主人便要发怒：庄周，你是干什么吃的！……我是干什么吃的？——我他妈不干了！

庄妻 也罢，既然官场容不下好人，辞了也就辞了。只是没了这份公粮，这往后的日子……

庄周　自然难靠你编草鞋过日子，好歹我还识得几个字，倒也不妨收几个学生。

庄妻　（面有喜色）我这就给你盛肉汤！

〔庄周随妻子奔向灶台，妻子揭锅盛汤，庄周忽然发现地上有一块刀形的金币。庄妻也看见了刀币，便立时有些愣怔。

庄周　（审视地）这肉汤是为我熬的么？

〔庄妻慌乱地点头。庄周疑惑地弯腰捡起刀币。

庄周　上等的货色啊！好家伙，庄周家居然也有金币了！

庄妻　（支吾地）是那收税的……先会他来……说是要收税，这些草鞋要交税……我说咱又没在街上摆摊卖……

庄周　这我可就糊涂了，税官上门是收钱，怎么反倒是给你钱，而且是金币，少见的金币！

庄妻　他想……他想欺负我……

庄周　想？只是想想就给钱？这我大抵明白了……先睡觉，后免税。

庄妻　（委屈地）你……我喊了，我死命喊来着……我咬了他的手！他就吓跑了……

庄周　吓跑了咋会留下钱？

庄妻　他手上出了血，就赶紧掉头往外跑，就掉下了这个钱……我也是刚见着……

庄周　你也是刚见着……就在这草堆之下，有这锃亮的金币，就在这草堆之上，两个人！……你说他欺负你，那……他欺负成了没有？——我敢说你只会是摇头！

〔庄妻缓缓摇头。庄周亦缓缓摇头。庄妻见丈夫不信她的话，便忽然掩面抽泣。

〔远方传来更响的闷雷声。

庄周　适才我回来路上看见，好白菜都叫猪啃了……（眉额紧蹙，阴阳怪气地）路上又遇见一个小寡妇，那人倒是更实诚！丈夫死前有话，许她坟土干了就嫁人。只恨天公不作美，阴雨一场连一场。新坟不干，寡妇难嫁，她就一天连一天地去扇坟。实诚啊！其实阴阳两隔，那黄土之下的死鬼哪知她嫁与不嫁，可她就是要信守这承诺！古代义士一诺千金，亦不过如此！何况这是一个女流之辈！

庄妻　（猛然抬头）实诚？！我才不信！

庄周　你不信？……不管你信不信，反正我是信了。

庄妻　（愤懑地）那你怎么不信我？你倒要信一个破鞋小寡妇！

庄周　（沉吟地）话又说回来，那男人死了也是好，早死早拉倒！

庄妻　早死早拉倒！我也死给你看！

庄周　若然要死，还是我死给你看吧，你要把我活活气死了！（作欲死状）

〔外边突然传来闹嚷声，这是官府衙役前来捉拿庄周。庄妻慌忙关门。衙役不现身，就在台侧的边幕后。

衙役甲的声音　漆园吏庄周私放盗贼——

衙役乙的声音　今有官司大堂伺候——

〔庄周急忙躲到一边。

庄妻　（抵挡衙役踹门）先生不在家……

衙役甲的声音　屁话！快开门！

庄妻　先生得了急病！

衙役乙的声音　县尉大人有令——

甲乙衙役齐声　活要见人，死要见尸！

庄周　（微笑自语）好吧，活人你是见不着了，你要见尸嘛，老子就死给你看看……

〔庄周深吸一口气，缓缓倒在地上。

〔庄妻抵挡不住，便慌忙回身，却见丈夫已倒在地上。她便立时发出一声尖叫。她扑上前去用力摇晃庄周的身体，庄周却是毫无反应。她伸手试一下庄周的鼻息。

衙役甲的声音　看来是没气了……

衙役乙的声音　咱们可以交差了！

〔像是忽然回过神来，庄妻猛一头扑倒在庄周身上。

庄妻 （放声哭号）我的天哪——

〔收光。暗转。

〔雷声益近。舞台另一侧光起。

〔灵堂。黄昏。一口由碎木和竹片做成的薄棺，这棺材甚至还有一些缝隙。

〔庄妻垂首跪在一侧。得意在门口接客。

得意 楚国王孙来拜——

〔绛衣博袍的楚王孙肃然迈进灵堂。

楚王孙 （如仪三哭）啊哈——庄子我的先师啊——啊哈——先师说走就走了啊——啊哈——学生来迟了一步啊——

〔庄妻礼节性地跟着王孙嘤嘤哭泣。楚王孙哭过三声，得意便急忙将他搀起来。

得意 （摸着楚王孙佩剑）大官人也是先生门下？

楚王孙　愚兄不才，原想投师学道，岂料先生忽然去了……（伤痛欲哭状）

〔庄妻缓缓抬起头，纱帔下隐现出哀戚的美貌。

得意　大官人是楚国人，怎就来了俺们宋国?

楚王孙　大王派我出使宋国，原本也是为寻访庄先生……

〔得意还要多嘴，楚王孙却为庄妻美貌所吸引。楚王孙躬身施礼，庄妻起身还礼。

楚王孙　先生物化，学生好不伤悲。

〔庄妻望一眼楚王孙，一时哽噎无语。四目相对，庄妻旋即敛目颔首。

得意　又来人喽——

〔他们目光再次相遇。楚王孙眼神发直，庄妻便略有慌乱。

得意　魏宰相惠施来拜——

〔楚王孙仪态优雅地辞别，庄妻屈膝还礼。

〔收光。

〔山雨欲来，风声骤急。雷电交作，暴雨将至。

〔灵堂。庄妻和得意在守灵。

庄妻　这练气之人最易出岔子，岔了一口气命就搭上了。我看他还是道行浅。

得意　先生说，人活一口气，生死呼吸间。我看他是一气之下……

庄妻　他是一气再气……（忽然一声炸雷，她打个激灵）得意，那寿器上是只蝴蝶么?

得意　（昏昏欲睡地）我看是只蛾子……

庄妻　你这眼不打照了，快去里屋睡会儿。

得意　可……那是师母的床……

庄妻　（凄然一笑）你还是个孩子……

〔得意起身迷迷糊糊的走向隔壁。庄妻的神情哀恸而绝望。忽然有轻轻的敲门声。

庄妻　（惊恐地）谁?

〔门被轻轻推开。门外站着楚王孙。庄妻愣怔地望着他。楚王孙面带微笑站在门外。

楚王孙 （彬彬有礼）天黑雨大，晚生回使馆迷了路，回头打扰师母，是想在府上借宿一宵。

〔庄妻下意识地朝灵堂看一眼。

庄妻 （为难地）先生刚走，这屋里就我一个妇道人家，恐怕是不便……

楚王孙 师母何必多虑！晚生也算是知书达理之人，若蒙应许，学生可在书斋过夜，一为避雨，二则也可拜读先生遗作。学生仰慕先生道德文章，只恨平生无缘……

庄妻 （拢一下散发，犹豫不决地）外头雨大，客官进屋说话……

〔楚王孙迈进门槛，神色便立时有些惬意。

楚王孙 （略带轻佻地自吟）风雨潇潇——鸡

呜胶胶——（勿以京剧腔加“哪”字之类感叹）

〔庄妻含羞敛目。楚王孙已有些心荡目摇，庄妻便有些慌神。

庄妻 也罢，你且在书房歇息吧。

〔楚王孙面有喜色。他赶紧脱下雨披，但却不知往哪放。庄妻伸手接雨披，两人的手指便有轻微的触碰。楚王孙显然是有意动作，庄妻愈显得慌乱。

庄妻 先生不在，书房大半年没人住了。

楚王孙 无妨，客随主便。

〔庄妻又引火点着灯笼，拿一顶斗笠戴在头上。楚王孙披上雨衣，紧随庄妻走出。

〔庄妻推开书房门。楚王孙展开一卷竹简，借着灯光摇头晃脑念起来。

楚王孙 “北冥有鱼，其名曰鲲。鲲之大，不知其几千里也；化而为鸟，其名为鹏。……鹏之徙于南冥也，水击三千里，抟扶摇而上者九万里……”好文章！好逍遥哇！那南冥之地，迟早也是我楚国的地盘。我若化作大鹏鸟，便带师母一日飞到那里……

庄妻　（似懂非懂）客官怕是在说梦话……

楚王孙　（读竹简）死，无君于上，无臣于下，亦无四时之事，从然以天地为春秋，虽南面王，乐不能过也。

庄妻　（望着屏风后的竹床）公子早歇吧。（转身欲走）

楚王孙　（低声叫）师母——

庄妻　（回身）有事么?

楚王孙　没……没事……

〔庄妻掀帘走出。

〔侧光起。灶间。庄妻又在拉风箱。虚掩的门又被轻轻推开。

楚王孙　师母，学生渴得慌……

〔庄妻瞟一眼墙角水缸，楚王孙猛地

打个喷嚏。庄妻又望一眼灶台，锅盖正在冒热气。

庄妻　公子当心受凉，你先回房，待会儿我送热汤去。

〔楚王孙只好转身离去。庄妻继续拉风箱。

〔侧光起。书房。楚王孙百无聊赖地踱步。他扭头看见庄妻站在书房外，便赶紧掀开竹帘。他就站在狭窄的门口，端汤进屋的庄妻无意中擦碰到他的身体。庄妻欲置汤碗于几上，楚王孙伸手去接。他的手压着了她的手。庄妻羞怯地抽手。

庄妻　公子请自重。

〔她的语气不甚严厉，楚王孙端碗喝汤。庄妻又欲转身离去。

楚王孙　（惊叫）好汤！汤里有猛料！我能喝得出来！（猛喝一大口）

庄妻　原是给先生熬的，可怜他连碗热汤都没喝上……

〔庄妻忽然怔怔地望着地上一把明晃晃的斧头。

楚王孙　（身体似有反应，嗓门就更大）大补啊！又滋阴又壮阳！这汤我替先生喝了！

庄妻　（难为情地）只是让公子暖暖身子……

〔庄妻又要往外走，楚王孙又在大声嚷。

楚王孙　师母！这等好汤我不能独享！

〔外头猛一个炸雷（观众亦足以被震），庄妻打个寒战。

庄妻　奴家最怕打雷……

楚王孙　学生在，师母凡事不须怕。师母喝口汤，压压惊！

〔庄妻决然地往外走，楚王孙急忙端着汤碗拦路。楚王孙硬将汤碗送到她嘴边。外头又一个炸雷，庄妻又是一个寒战。楚王孙猛地抱住她强吻，庄妻徒劳地挣扎，她左右扭头躲闪，一副蹙额不胜之状。他们倒地。楚王孙猛地压在女人身上。

〔光起。书房内。云雨过后，他们相拥而卧。

庄妻 （愁容不展）虽说日子清贫，终究也是夫妻一场。他那边尸骨未寒，我就做出这下贱事来……

楚王孙 先生不解风情，夫妻一场恐也是徒有其名。学生代劳，也是替先生补过。先生曾说，北冥有人，以妻待客。

庄妻 （叹气）只是这客人待过，一抹嘴就走……

楚王孙 我要娶你回宫！

〔庄妻只是哀伤地摇摇头。

楚王孙 日有光，月无光，有日便有光……

庄妻 妾有意，君无情，有也是白有……

楚王孙　（激动地）我对天起誓！

〔他夸张地霍然站起，举手指天，与此同时霹雳炸响（观众亦被震惊）。他忽然抱头僵立不动。他面部抽搐，龇牙咧嘴，看似很痛苦。他扭曲着身子缓缓倒下。（这段动作戏要有节奏感）

庄妻　（大惊失色）公子——

〔楚王孙杀猪般嚎叫一声，就弓曲着身子打滚。

庄妻　公子怎么了？

〔楚王孙嚎叫着滚下床。

庄妻　公子——

楚王孙　（狂叫）痛煞我也！

〔庄妻扑倒在地，双臂抱紧楚王孙。楚王孙抱头哀嚎。

庄妻　（忽然绝望地狂喊）去死吧！都去死！

〔楚王孙似被庄妻的喊声镇住，他的身体不再剧烈地翻滚。他依然双手抱头，嚎叫声也压低了些。

楚王孙 头要裂开了……一阵阵地炸……

庄妻 （情急地）有药么？要吃什么药？

楚王孙 （痛苦地）脑浆……

庄妻 脑浆！你犯病都是吃脑浆？！

楚王孙 （呻吟）宫中死囚多……

庄妻 （犯愁）可这儿不是王宫……

〔庄妻话语未落，楚王孙头痛再次发作。他又抱着头翻滚起来，叫声和动作都更激烈。

楚王孙 （哀号）师母救我……

〔暗转。

〔光起。一束冷光打在灵堂的棺材上。得意六神无主，只是冲着棺材哀叫。

得意 先生……先生……先生……

〔庄妻急匆匆闯进来。她一只手藏在身后。这披头散发的样子让得意感到很异常，他惊恐地退后几步。庄妻目露凶光死盯着他。

庄妻　得意，师娘待你好不好？

得意　好……

庄妻　那……师娘借你一物给不给？

〔得意被师娘的眼神吓懵。

庄妻　你且转过身去。

〔庄妻步步紧逼，得意倒退几步，忽然猫着身子往外跑。庄妻举起斧头。得意尖叫着冲出灵堂，飞快地跑出庄家的院子。

得意　（尖叫）杀人啦——杀人啦——

〔庄妻追到院门口，一头栽倒在雨地上。

〔灵堂内。灯火摇摇欲灭。泥水淋漓的庄妻踉踉跄跄回到灵堂，她倚门而立，身子疲惫地瘫倒。片刻之后，她又缓缓地抬起头，目光落在庄周的棺材上。她紧攥斧头走近棺材。

庄妻　夫君呀！你不愿剁人一只手，你怕杀生伤天理。如今你不再是活人，你就成全奴家吧！（缓缓地举起斧头）

〔忽然一个炸雷滚过，将那斧头震落在地。庄妻惊恐地朝外望一眼。外边电闪雷鸣，狂风发出凄厉的呼啸。庄妻扑通跪地，冲着庄周的灵牌磕一个头。

庄妻　夫君！看斧头！（面色狞厉）

〔庄妻披头散发地起身奔向那棺材，她双手抱斧猛砍下去。与此同时，一只手抓住了那斧柄。女人魂飞魄散地退到门口。庄周从棺材里缓缓站起身。他抻个懒腰，又美美地打个哈欠。

庄周　清静！今儿个真是清静！清静无为啊！

〔光线略微明亮了些，庄周独自跳起僵尸舞。

〔楚王孙在暗中。

楚王孙的声音　（怒中带怯）你就是庄周？

庄周　（冷冷地）有时候是。

楚王孙的声音　你怎么又活了？

庄周　（沉吟地）方生方死，方死方生。方可方不可，方不可方可。

〔灵堂门外杵着楚王孙和庄妻。楚王孙紧握青铜宝剑。他那握剑的手在颤抖。

楚王孙　（满脸杀气）我要带她回宫，可不可你准确说！

庄周　我很难说是不可……

楚王孙　那你就说个可字！

庄周　（面无表情）……也好……我说——（痛苦地）可！

〔楚王孙掩护庄妻向院门口退去，他们急步轻挪，倒是颇有些探戈舞步的架势。他们的身影从灵堂门口消失。

〔庄周来到灶间，他忽然出神地低头朝下看。

庄周　（神色萧然）我在水缸里看见这孤独的身影，也看见自己智慧的头影……（自嘲地）瞧！多好的一颗脑袋！谁要取了它？（忽然回过神来，他脸色陡变，跑回灵堂抓起斧头，疯狂地）我说——不可！

〔庄周狠狠地扔出斧头，倒地。雨幕深处传来女人一声惨叫。

〔暗转。

〔远处有灯光投来，这是由其他演员以肢体扮演的车队。高坐在马车上的那人扬鞭前行，那是一个峨冠博带的胖子。

曹商　何人夜卧官道！快滚开！

〔庄周缓缓地爬起来，他眯眼望着来人。

曹商　大胆刁民不知回避，莫非是要打劫么？

庄周　（冷眼怒视）我道是谁呀！好一个曹商！

曹商　（忽然认出庄周）哦……庄周哇……老同学，久违了！（在车上拱手）

庄周　富贵还乡，锦衣夜行，还有这么多宝马车，老乡们却是在睡觉，好遗憾哪！

曹商　还不是这场雨闹的！大雨阻了行程，但却毁不了我这好心情！无妨，赶明儿我就游街去！

庄周　曹官人回村可是为炫耀这些个车马？

曹商　庄周你还是冒酸气！实话跟你说，曹某使秦，秦王待我为上宾。我与秦王同寝同食，寸步不离。曹某服侍有功，临行自有重赏。秦王可真是大气象！一出手就送我百辆车！

庄周　（冷笑）我听秦国来的名医说，秦王得了一种恶疾，浑身长脓包且还有痔疮？

〔曹商顿时错愕，眉头紧皱起来。

庄周　你不知秦王有脓包和痔疮？可你不是与他同寝同食么？

曹商　（只好顺着说）是有这么回事，那脓包和痔疮好厉害！

庄周　我还听说秦王有令，能使脓包消掉的，破一个得车一辆；为他舔那痔疮的，舔一回得车五辆。不知是否确有此事？

〔曹商听出庄周的话味儿，但他张口结舌，无言以对。

庄周 （提高嗓门）那么，你总共舔了多少回？舔多少回才赚得这百辆宝马车？

〔曹商气噎，浑身发抖。庄周纵声大笑。这笑声变成无法抑制的狂笑，这狂笑带着狗叫般的“汪汪”的气声。

曹商 （回过神来，跺脚喝骂）庄周，你这条疯狗！你笑得怎么像狗叫？！

庄周 （得意忘形，就干脆冲着曹商如疯狗般狂吠）汪！汪汪汪！……

曹商 （忽然看见地上的斧头）啊！斧头！斧头上有血！

〔庄周也忽然看见了那斧头，他略一愣怔，但却一时难以遏止那狂吠。

曹商 庄周打劫！庄周杀人了——

〔庄周冲着曹商狂吠。曹商扬鞭抽马，直朝庄周冲过来。庄周被冲到台唇。他无以自制，便直冲着观众汪汪咆哮。这狂怒中自有一种决绝。

〔暗转。

〔静场。

【第二幕】

〔晚秋。仿佛仍是前一幕景深处的庄周，他在台上慢慢地换上今人外装。

庄生　那一日，他冲着曹商的车队咆哮，然后他就累了，然后他就打了个盹，再然后呢，他就梦见了一只蝴蝶，翩翩然飞舞的蝴蝶。他不知是自己梦见了蝴蝶，还是蝴蝶梦见他庄周。再有若干个然后，庄周成了道家的大宗师，成了世人仰慕的庄子，这蝴蝶便成了一个传说：庄周梦蝶，蝶梦庄生。……我就是庄生。姓庄名生，身份证上就是庄生。考古学副教授，终身副教授。（掏出眼镜戴上）……蝴蝶不曾梦见我，蝴蝶不会梦见它的前身，不会梦见这只难看的毛虫。我就是这只毛虫，卑微的、飞不起来的毛虫。蝴蝶不曾梦见我，我也不曾梦见过蝴蝶。我不曾梦见那只飞舞的蝴蝶。事实上，我有好多年不会做梦了。我是一个老实人。我不会跳舞，也不会唱歌，我也不会说谎。

〔测谎员（与得意为同一演员）在景深处现身。

测谎员 （机械的语调）田晓蝶失踪后你没想过报案吗？

庄生 （沉闷地）天要下雨——

测谎员 这是在测谎。你只回答“是”或“不是”。

〔庄生噤声不语。

测谎员 你觉得自己是个好人吗？

庄生 ……是。

测谎员 你跟别人偷过情吗?

庄生 不是。

测谎员 你爱你的妻子吗?

〔庄生沉默。

测谎员 恨吗?

庄生 （迟疑地）不……不是……

测谎员 你有过杀死她的念头吗?

庄生 （肯定地）不是。

测谎员 假如她死了，比如说被人杀了……

测谎员 你会感到难过吗?

庄生 是。

测谎员 有过盼她死的念头吗?

庄生 不是。

测谎员 你是她的保险受益人吗?

庄生 ……是。

测谎员 要是她跟人偷情，你会杀死他们吗?

庄生 ……不是。

测谎员 见过这斧头吗?

庄生　（望着斧头）是。

测谎员　这就好。

庄生　这都是证据？

测谎员　只是参考，先到这，还要做图谱分析。

庄生　（略微释然）我不会对机器撒谎……我只会对自己撒谎。

〔庄生像是自言自语，测谎员便有些疑惑。

测谎员　不是说你就没事了，案子没破，你就脱不掉嫌疑。真相不明，我们随时会找你。

庄生　（忽然来了点精神气）活着不易，自杀更难。她不会去寻死！

测谎员　（严厉地）那你就跟我说说那斧头的事啊，那可是证据链的关键一环。

庄生　那斧头是我扔的，但我并不是要杀人……我只是一气之下……无望的生活，她是有些精神崩溃了……都是我的错，一切的祸根。

测谎员　承认就好。可是你家里怎么会有斧头？

庄生　是复制品，书房的摆设，我是搞考古研究的。

测谎员　可这一样能伤人。你没朝她扔出斧头吗？

庄生　扔了。

测谎员　这就好。这斧头上有血迹！

〔庄生惊愕地望着那斧头。

测谎员　我们要比对她的DNA。现在你说说那天晚上到底发生了什么？

庄生　惯常的争吵，接着她就歇斯底里，又摔又砸，砸烟灰缸，砸电视机，砸古董花瓶，她又摔了那块手表，我就拿斧头从书房里冲出来，她就开门跑了……

测谎员　接着说。

庄生　没有了！反正她是跑了。

测谎员　这么简单哇，两口子吵架总该有几个关键词吧？

庄生 （懊恼地）你让我自己想想行么？！

测谎员 行，让你想。想好了，联系我！

（隐去）

〔庄生仍坐在原处，垂首苦想。田晓蝶默默地上。

庄生 那天，我突然问她，你是不是外头有人了？她说……

田晓蝶 你是不是希望我外头有人？

庄生 然后我就受了刺激，然后她说话就更难听了……

田晓蝶 行，你说我有人就有人吧，反正像你这样的有的是。

〔一位衣冠楚楚的男士上，这是庄生所在学院的楚院长。他优雅地向蓝底彩蝶披肩（或彩蝶衣裙，有飘逸感的暗红色长裙）的田晓蝶邀舞。

庄生 我便不再只是受了刺激，那是更糟糕的感觉……我感到自己好窝囊，还有一种无力感……我觉得她正在一点点地离我远去……

〔楚院长与田晓蝶跳探戈舞，这似乎是一种假面舞。他们时而蟹步滑行，时而急停凝视。他们摆头晃臂，似是配合默契。（假面舞是一种象征，因此这段舞蹈要有必要的长度，要有类似慢镜头的效果。）这男子边跳舞边接电话。

楚院长 喂，是我。怎么了？……什么？你爸病了呀？你爸病了找你爸啊，我又不是你爸……还有事吗？我这忙着呐……好！就这样，再见哈！

〔庄生仍在苦思，此时的台词不带激情。

庄生 初恋、诗歌、美好的回忆……那一天我忽然对她说：“那么我们走吧，你我两个人”……我们去郊外，那里有蓝天，有白云，有阳光，还有一片芦苇地。……风中的野芦苇，风吹芦苇，如波浪起伏……可是我已不再年轻，这个世界也早已不再年轻。……假如你年过半百仍是一个副教授，你学富五车却无任何升迁的机会，那些不学无术的小人却一个个飞黄腾达了，而你却在为父亲的住院费犯愁，假如你是这样的一个人，你难道不会厌恶自己吗？

〔孔方拎着文件袋上。

孔方 Johnson！你是干什么吃的！

庄生 （自语）医院来电话了……

孔方 （高声大嗓）不过是区区一点住院费，你就在家愁死上吊的！打你电话也不接！三环那家狗肉馆倍儿棒！正宗韩国风味！秋风起，狗肉香。狗肉我爱吃！驴肉我也爱吃！——这就是生活！——老弟，生活！

庄生 （讷讷地）看来我是没这口福啊！

孔方 岂止是没口福！我看你是没生活！……这

也包括性生活……

庄生　（窘迫地）说正事吧……

孔方　这不也是正事吗？我知道你偷偷去过医院，为那事……老弟，别担心，无欲并非阳痿，不是器质性问题，这只是精神性问题，说白了就是精神阳痿，很多知识分子都有这样的困扰。其实，想开了也就那么回事！人这一生性高潮有多少？加一块也不过十几个钟头！苍蝇每天交配数百次，又有什么用？我实话跟你说，男人其实是越来越没用了。不用多少年，连生育也就不需要性交了，其实好些生物早就这样了，比如说，蜗牛、跳蚤、蒲公英……

庄生　别再鬼扯了……刚才你说“区区一点住院费”……

孔方　（略有尴尬）不过话又说回来……也是区区两个字，一个是“卖”，一个是“舔”。（走近庄生坐下，从文件袋里取出一叠厚厚的书稿校样，用手拍打着封面书名）《庄子解蔽》！正本清源，惊世之作啊！两千年前的文字迷宫，他说万世之后必有人解，而今终于有了解密者！此人并非别人，就是我孔某人的小师弟！

庄生　（谦虚地）过奖了……（酸楚地）点灯熬油这三十年，该牺牲的都牺牲了……

孔方　（从袋里拿出三扎百元大钞，拍在庄生手边）这是预支的三万，说是预支，其实也是全部了，你也知道，学术著作不好卖。

庄生　（感激地）谢谢，谢谢孔方兄。君子之交淡若水，关键时候真给钱。

孔方　这也是特例了，我这副总编虽说只是个处级，说大也不大，可好歹也算是个官！是个官就不会像你这般窝囊！你说是不是？嗯？

庄生　（殷勤地）是是是。（欲离开）

孔方　别急，这些够么？

庄生　实在不行，我就卖房！

孔方 说得轻巧！晓蝶当初要买房，原本也是为了你们这个家，要是哪天她回来了咋办？

庄生 （沉吟地）你说区区两个字，一个是“卖”字……

孔方 书当然还是我出，只是要你卖个名，但又怕你不肯做……只怕这回你不做也得做！

庄生 （期待地望着孔方）怎么做？

孔方 舔！（拿出笔来，意味深长地在书稿封面上写下一个名字）你们院长是叫楚天吧？——楚老板！若在这里加上他的大名……

庄生 （若有所悟，痛苦地）这是我的心血！这是……要我的命……

孔方 这是你的心血！这是你的另一条命，你的学术生命！普天之下，解庄有此成就者，唯有庄生副教授！可是这个“副”字真是好别扭！你不是憋屈吗？你不是受气吗？你这叫活该！

〔停顿。

庄生 （迂腐地）这……值多少钱？

孔方 （朗声大笑）如果你在这儿加上他的名字，眼前的一笔是，他立马就会把这书纳入课题，项目基金至少有三十万；长线效益是，年内他就会去掉你这“副”字，你算算这值多少钱？！

庄生 （嘟哝地）副教授不敢马虎，正教授舒舒服服……

孔方 赶紧兑现吧！楚院长课题基金花不完！大王有疾，学着舔一下，痔疮再臭也得舔！

庄生 （为难地）我跟他不熟……

孔方 一回生，二回熟，一定要上门舔！老弟我实话跟你说，这高校也是官场，也是江湖，这你就不能不进取！

庄生 我都不知他住哪……

孔方 他们当然有的是住处，回头我给你一个地址。不过你再想想，要是把他名字挪到你前边……

〔孔方用手指在书稿封面上比画一下。

庄生痛苦地摇摇头。

孔方　（以学兄身份教训地）老弟，看开些！你已经是失去自我的人了，晓蝶为何要离开你？看看你原来的风度，再看现在！一副活不起的球样！

孔方　而你只有一个父亲！

〔庄生拿过孔方的签字笔，仍在犹豫。

孔方　你也再难找到这样一个妻子！

〔庄生恨恨地将封面上的“楚天”勾到“庄生”前边。

孔方　（兴奋地捣庄生一拳）得道了！升仙时别忘带上我！庄教授！

〔收光。暗转。

〔黑暗中庄生茫然地走着。

庄生　一个地址，一段路程，我看到了这现实的出路，这是孔方指点给我的前景。我无法拒绝这前景。他们拥有的，其实就是我被占有的。我一无所有，只有这点可怜的学问，只有这点学问可能带来的名声，而今连这点名声也要出让给别人！连这个可怜的名字也要再受损伤！我别无选择。唯有借着这夜色，唯有借着这酒劲，我才能走出这一步。我们都是活给别人看！

〔场外传来监视者神秘的声音。

测谎员的声音　目标有异常，现在蝴蝶谷一期。

上司的声音　收到！盯紧！

〔庄生走向一片俗艳而诱惑的灯光，那是楚院长的别墅。陶花，楚院长的女人，香艳而娇俏。庄生献上厚厚的牛皮纸袋。

陶花　（以为是大钱袋，忸怩地）这……这我不好收喔……有点儿多呀！

庄生　不是……不是那意思……是书稿……

〔陶花显出窘态，庄生也尴尬地从纸袋里取出厚重的书稿。

陶花 这事有点搞……没看见楚院长写这书呀！

庄生 有楚院长亲自指导……这算是合作……

陶花 （不冷不热地）合作……

庄生 （尴尬地）这对楚院长也很重要。

陶花 （陡然来了兴致）是么？

庄生 （木讷地）这不是一般的成果……

陶花 （将手中酒杯伸向庄生）喝酒么？你们院长人咋样啊？

庄生 （带着几分酸劲）年轻有为啊！很牛，很精干，听说还是舞林高手！

陶花 是呀！调来没三年，人文学系就升学院了，好不容易呐！小寡妇睡觉，上头没人，全靠自己折腾。他这人哪就是情商高！

庄生 人比人，气死人。我就没他这情商，所以就活得累。

陶花 人也只能图一头，你有大学问，别人也是比不了。

庄生 你也说我学问大？

〔陶花朝庄生下身瞟一眼。

庄生 没用！考古是跟死人打交道，哲学又是吃素食，所以就活得好没劲！

陶花 （欢快地）没劲？看你倒是蛮精神喔！

庄生 因为要来……

陶花 要来作客？

庄生 来见领导……

陶花 来了就是客，喝一杯。我不是一个很随便的人。

庄生 （犹豫地接过酒杯，猛一下饮尽。他环视四周，倒吸一口气，恨恨地）小年不知大年啊！不到贵府，不知自己是穷光蛋！

陶花 吃水果么？（挑逗地）有木瓜……

〔庄生欲避走，女人在进逼。

庄生 不早了……就你一个人在家？

陶花 （幽幽地）这不就两个人了么？

庄生 （环顾四周，咬牙切齿地）他们拥有的，就是我被占有的……

陶花 你说啥？

〔庄生忽然有了报复的冲动，他猛地抱紧陶花。

〔暗转。略长的停顿。

陶花 怎么了？……真没用！

〔停顿。

〔光起，庄生似是在院长家别墅的天台上。

庄生 （醉步蹒跚，舌头也有些不利索）喂……他不在……收了！收了！ 人点蜡，鬼吹灯，老婆都跟人睡了！……二、二奶？反正都一样！睡了！是睡了！差一点也是睡了！……她有无底裤我不知，可我有我的底线！……（哀哭）一辈子的成果就全没了！全没了……我他妈没醉！我就是不想活了……我在蝴蝶谷！……我真想从这跳下去，可我明明又不能死——

〔骤暗。黑暗中庄生一声惨叫，他在暗中失足坠楼（或滚下楼梯）。

〔静场。

〔濒死者的呼吸声。黑暗深处有一团白光在闪亮。远方飘来若有若无的风铃声。

【第三幕】

〔盛夏。这是梦幻的一幕，这是今人庄生的梦境或幻觉。他在上一幕的最后脑颅受伤进入“濒死状态”，这其实是他濒死状态看到的景象。今人庄生看见了古人庄周，仙风道骨的庄周。耄耋之年的庄周已是得道之人。

〔庄生起身下床，但这只是灵魂出窍。医生和护士看不见他下床，他们仍在对着无人的病床做按压。庄生回望病床。

庄周　（梦呓般自语，又如悲剧般的吟诵）我看见那些飞舞的蝴蝶，也看见那些在地上挣扎的毛虫，他们无力化身成蝶，他们飞不起来。他们曾是我的同类——可怜的人类。他们不再想飞，他们再也飞不起来。他们饱食终日，已是脑满肠肥。……三分饥寒，四时康安。他们不会比我更长寿。

〔梦幻般的面具舞，死亡与生命的哀吟和舞蹈。这是由其他演员扮演的山鬼。他们出现在庄生的梦境中。庄生穿过群舞者。鬼怪中的两位化身为监河侯和他的夫人。

监河侯　（翻转面具，此人与前一幕的孔方为同一演员）庄周啊庄周，什么风把你吹来了？人说你不食人间烟火，可你为何要来向我借粮？

庄周　（讷讷地）家里揭不开锅了……

监河侯　揭不开使劲揭！庄老神仙不是不食五谷么？不是喝西北风就能长命百岁么？

庄周 庄周吃点松子倒也能充饥，无奈老婆子病重，就只好来借点米……

监河侯 （打饱嗝）这南方来的干肉就是好，生吃熟吃都好吃，这块肉我整整吃了一个月！说起来我也不过是个监河侯！说大也不大，可好歹也算是个官！是个官就不会像你这般窝囊！你说是不是？嗯？

庄周 （忿然作色）庄周不是窝囊，只不过是穷！（冷傲地）你若借过粮给别人，那也借给我些吧；若是还没借过，那就从今从我开始吧！

监河侯 一辈子就剩个嘴硬！给你官你不做，那你受穷也是活该！空有学问烂在肚子里，可惜啊！也可惜了人田家闺女……（淫邪地大笑）

监河侯夫人 （当年那个扇坟的小寡妇）人各有命！楚王孙那可是超帅呀，可人家王妃娘娘都不做，跑了还又跑回来，敢情就是要自讨苦吃呗！反比来说，咱就不是这么随便的人！

庄周　夫人也是守过寡的人，你该不愿看到另一个女人活活饿死吧？我来府上借粮，实也是指望夫人给个面子……

监河侯夫人　面子嘛，自然是要给，可是庄稼还在地里，俺们虽是大户，也是得靠天吃饭，可是这老天爷……（仰面望天）这老天爷怎么光下雨啊！

监河侯　（沉下脸）这样吧，你先回去，待我秋来收了账，就可借给你几升，你看如何啊？

庄周　（无声地笑着，酸楚中依然带着傲色）那天我在路边看见一条鲫鱼，那鱼对我说，你可有斗升水救救我吗？我说好啊，等我游完东南之地，再引江水来救你，你看如何啊？

监河侯　（愚蠢地）那鲫鱼又咋说？

庄周　那鲫鱼说，那你就到干鱼市上找我吧！

〔监河侯夫妇隐去。灯影下只剩庄周

一人。

〔侧光起。老年庄周家。庄妻在默默地编草鞋。

庄妻　（梦呓般自语）女人出走以后会怎样？我不知你们这些后世的聪明人怎样想。好马不吃回头草，女人却是更恋旧。王妃娘娘我不做，我不想在那豪门当玩偶。

〔庄周从午睡中蓦然惊醒。他怔怔地侧卧在凉席上发愣。微风拂动他的白发和长须，也吹动屋檐下的风铃。

庄周　日有光，月无光……日日新，又日新……（美美地打个哈欠）

庄周　（精神恍惚，仿佛仍在半梦半醒中。含混地自语）方才啊，我做了一个梦。我梦见自己变成了蝴蝶；那只蝴蝶又做梦，梦见它变成了我庄周……你倒是说说看，究竟我是梦见蝴蝶的庄周呢，还是蝴蝶梦见的庄周？你说说看，这蝴蝶居然梦见我了！

庄妻　（揶揄地）你又不是蝴蝶，咋知蝴蝶会做梦？

庄周　你又不是蝴蝶，怎知蝴蝶不会做梦？（沉吟地）子非鱼，安知鱼之乐；子非蝶，安知蝶之梦。（脸上浮现出惬意的微笑）

〔庄妻不屑争辩，她忽然轻咳起来。窗外传来猫叫声。

庄妻　（打趣地）子非猫，可你知猫在叫什么？

庄周　猫是在叫春。

庄妻　先前你在南华山修道，可曾有过叫春的时候？

庄周　发情是发情，只是不好叫出声来。

庄妻　……老不正经！（忍俊不禁，将那草鞋扔向庄周）

庄妻　（轻咳，凄楚地）春来没几日，转眼是夏天……我的日子怕是不多了……

庄周　（沉吟地）七老八十了，按说咱也够本了……这兵荒马乱的世道，纵使再多活十年，不过三千六百天……

〔庄妻伤感地嘤嘤哭泣。

庄周　这好好的怎么又哭了？（苦笑着摇摇头）

〔庄妻的哭声忽然激起庄周某种记忆。

庄周　往事越千年，何敢回头望！……我在外当差那些年，莫非你也有过叫春的时候？

庄妻　（破涕为笑）我又不是猫！

庄周　我忽然想到那位楚公子！

庄妻　（正色）他拿刀逼我！

庄周　不是吧？

庄妻　不是刀……是剑……

庄周　是斧头！（望着墙角那把明晃晃的斧头）

〔庄妻也望着那斧头。

庄周　你拿斧头劈棺材，而我就躺在那里头……

庄妻　我本心是要……

庄周　别说是要救我出来。

庄妻　是要救你出来。

庄周　我死了躺在棺材里，你还救我做什么？

庄妻　我知道你是装死……我救你出来透口气……

庄周　那棺材本来就薄薄的，六合之内，无处不透气！

庄妻　（气恼地）……老东西！跟你一世到白头，到头来却又提这事！

庄周　（淡然一笑）说不得，问不得。来世不可待，往事不可追。我庄周既为真人，自是大度有容，也罢，我就原谅你！

庄妻　原谅我？……你不问我有没有原谅你？！

庄周　（愕然地望着妻子）你来原谅我？我庄周竟要别人来原谅？

庄妻　（淡然一笑）自打遇见那小寡妇，你就对我起疑心……你还装死试探我……（下意识地以手拢头）我头上这伤痕还在呐……

庄周 我装死是为躲避那衙役……

庄妻 （叹口气）要怪就得怪那场雨……说到底我还是原谅你了，自我决意回来那刻起我就原谅了，回来跟你过这穷日子……

〔长长的停顿。风声，水声，神秘的音响，仿佛是自然的箫声。

庄周 一场雨，一阵风，这人生一世，果如白驹过隙，忽然而已……说出来也好，好过把这实情带进棺材里……（宽慰地）不过你也知足吧！穷是穷，可也没病没灾过了一辈子……

庄妻 你说我把实情带进棺材里，我可连那棺材影儿都没见着……

〔山鬼渐显，他们在庄妻背后显现。

庄周 棺材！哪天我死了，压根就用不着棺材！我以天地作棺椁，用日月星辰作陪葬。宇宙万物都是我的陪葬品，那是何等的丰盛！天地与我并生，万物与我为一！

庄妻　老东西，敢情你是要裸葬呀！只怕是我要死在你前头了，只怕是我死了，到时候没人把你抬出去……

庄周　这你用不着犯愁，那些惦着这破房子的人，他们自会抬我出去。

庄妻　这倒也是……这我虽也想得开，可终究没你这番修炼……我还是想睡在棺材里，我怕天上的老鹰会吃了我……

庄周　睡在棺材里，天上的老鹰自是吃不着，可地下的蝼蚁会照样吃！给蝼蚁吃却不给老鹰吃，我看你也是忒偏心！

〔山鬼们默默地拉起庄妻。

庄周　好了好了，不怕不怕。你若真想睡在棺材里，不就是差几片木板么？我记得山上倒了几棵树……

〔山鬼们缓缓地抬起庄妻。

庄周　（迈过门槛）你且歇着，我去山上转转……

庄妻　（冲着庄周佝偻的背影，关切地）南山有大虫，净吃人！

庄周　（头也不回）人多人吃兽，兽多兽吃人！

〔山鬼们抬着庄妻缓缓前行。

庄妻　（独白）我是没什么不知足的，穷是穷，可也没病没灾过了一辈子……自己的日子自己过，不是活给别人看。我就要在这几天死去，就这样无疾而终，享年也该有九九八十一岁了，思来想去，我是没有什么不知足的。现在我是有些累了，我不想再干这编草鞋的活了。山上倒了几棵树，他去捡回来给我作棺木，他会让我睡在棺材里，只是待他回来的时候，或许我就已闭眼了……

〔山鬼们将死去的庄妻平放在地上。

〔远方飘来跳丧的歌乐声。

庄周　（如祭司般唱喝）修桥补路——神鬼开道——

〔山鬼们的舞蹈，像是傩戏的舞蹈。这是跳丧者的如醉如狂的舞蹈，也有神秘而空灵的铃声。庄周默默地箕坐在台侧，两手拍击着瓦盆。这拍击声随舞蹈节奏变得更有力。

〔山鬼中的一员摘掉面具，这是庄周的学生得意。

得意　先生，先生，人家在看你笑话呐！

庄周　笑话？我有什么笑话看！

得意　人家是来看哭的！可你不哭反倒……

庄周　生有何欢，死亦何哀！得意你听好！若然要哭，那我早已哭过了！你师母得享天年，死了也该是喜丧啊！日月经天，江河行地，生来死往，也是最自然不过！我若是孩子般哇哇哭给人看，那不是真正可笑吗？

得意　不哭也不要紧，那也别敲这瓦盆，让人说你是在唱歌……

庄周　我心里头是在唱！我唱歌你师母听得见，

听见了她也会欢喜的！（默默地走向远处）

〔光渐暗。

〔黑暗中传来庄周的声音。

庄周 （沉吟地）你在这个夏天离去，留我一个人在这人世间。我本来就是独自一个人。……生死不过如此，无所逃于这天地间。我独自活着，却也无所逃于这人世间。即便逃到这山上来，他们依然能找到我。

〔光起。庄周在悬崖幽谷垂钓。幽谷有一丛野芦苇（序幕中的那丛野芦苇。这场戏完后野芦苇自然消失）。

〔身佩宝剑的公孙无人上。

公孙无人 （拖腔）仰高兮日近，望远兮云低。在下公孙无人，久闻先生大名，今日特来求教！

〔庄周寂然不动。

公孙无人 （提高嗓门）夫子为何不言语？敢问

是庄……庄先生么?

庄周 有时候是。

公孙无人 敝人先有一事讨教，惠施力主魏楚齐联合抗秦，秦楚若有交战，终来谁会是赢者?

庄周 （漠然应对）天下沉浊，强梁者不得其死。

公孙无人 那好！他们谁在行王道?

庄周 社稷无常奉，君臣无常位。什么王道霸道，这些我都懒得说。

公孙无人 （晃动手中名刺）公孙无人远道而来，今日必有一辩！

庄周 （冷眼打量来人，语气尖刻地）天地有大美而不言，这世间看来也真是没人了。辩士多如牛毛，就凭一张烂嘴四处卖！

公孙无人 （踌躇满志）能言善辩走天下，到哪儿都是座上客！我可就要去齐国了！

庄周 （讥讽地）齐国有学宫，有官妓，果然是个好去处！

公孙无人　齐国不成，我就去韩国！

庄周　礼崩乐坏，瓦釜雷鸣。鸡往后刨，猪往前拱。老朽可是一无所用了……一无所用，也就免了祸害。

公孙无人　（挑衅地）故弄玄虚吧！这就是你的道？玄虚！你说你的文章今人难以读懂，你说万世之后必有人解，这还不是为抬高自己声价么？

庄周　（微笑地）公孙先生听好，庄周并非好名之徒，我说的大道无形无象，却也实实在在。

公孙无人　那你说，大道……在哪儿？

庄周　无所不在！

公孙无人　玄！

庄周　在蝼蚁。（手指沙地）

公孙无人　大道如此卑下？

庄周　在烂草。（手指杂草）

公孙无人　……稻草么？

庄周　在屎尿！

公孙无人　（不懂装懂，庄重地）受教……

庄周　（快活地笑出声，玩味着自己的话）道在屎尿……

公孙无人　（沉思）道在屎尿……可也未必，譬如说，这鸡，鸡屎是实在之物，可是鸡尿在哪儿？

庄周　（不动声色地）鸡不尿尿，另有门道，这不也是道么？道可道，非常道。

公孙无人　（若有所悟，立马整肃衣容，躬身行大礼）楚使者楚王孙拜见庄老神仙！

庄周　哈！原来是王孙的王孙！我见过你爷爷！听说他是不得好死啊！

公孙无人　（愠怒地）我爷爷身死社稷，必将青史留名！

庄周　大道恒常，小道多变，那公孙无人又是谁？

楚王孙　老先生见谅！后学化名问道，是恐您老拒见。今已得近真身，在下就为大王献礼了！

庄周　庄周无功无德，王礼不敢生受。

楚王孙　先生才高气盛，世人仰慕。小王今日至此，确是身负使命哪！

〔庄周寂然不动，依然持竿望着水面。

楚王孙　（高举金匣礼拜）先生天体裸露，后学不敢近前。

〔庄周缓缓抻一个懒腰，他并不起身，依然双目微闭，手执钓竿坐在那岩石上。

楚王孙　（捧着沉甸甸的金匣走上前）方今天下大乱，群雄纷起，诸侯各国无不延揽贤能。大王愿以相位请庄先生出山，倘能仰仗先生不世之才称霸天下……

庄周　（冷冷地）尧以帝位让许由，许由不受，说，我要天下做什么？许由帝王都不做，我庄周要这相位做什么？

楚王孙　先生超凡脱俗，独与天地之气往来，怕也只是身在山中的缘故。一朝回到人世，也就知相位是何物了。（把金匣放在地上）

庄周　我是不知相位是何物，我只听说楚国有只神龟，死后楚王把它供在庙堂上。我若是那神龟，我倒宁愿在泥水里快活。如我这般光着身子晒太阳，谁人能有这等自在！

〔楚王孙顿时哑然，庄周又扭头悠闲地望着水面。他屏声静息收回钓竿，绳头钓上一块手表。

庄周　怪哉……

楚王孙　这是什么稀罕物?

庄周　（诡秘地）护身符。

〔田晓蝶上。

田晓蝶　护身符？还有拿手表当护身符的，不过这手表我很喜欢，里边有一只蝴蝶，跟我的名字很像。（隐去）

楚王孙　（凶狠地）护身符也不灵了！大王有

令，今番定要带先生回宫。

庄周　我要是不去呢？

楚王孙　大王还有令，活要见人，死要见尸！（面色阴沉地再次举起金匣）这是大王的礼金！

庄周　（漠然地朝那金匣瞟一眼，似乎无奈地）……也好！大王有何信物？

楚王孙　（惊喜地）有！有越王的宝剑！（郑重地双手献上宝剑）

庄周　（拔剑出鞘，那宝剑寒光夺目，冷气逼人。庄周微笑着端详这青铜宝剑，忽然插剑入鞘）爷爷我也有三把剑！

〔楚王孙惊愕地望着庄周，庄周得意地颔首微笑。

楚王孙　（兴奋地）在……在哪儿？

庄周　（用手里的剑鞘朝崖下指一下，然后就起身往那边走）有天子剑，有诸侯剑，有庶人剑！

楚王孙　（紧跟庄周）这天子剑是什么样？

庄周　（再次拔剑出鞘。他声东击西，左旋右抽，人走剑舞，指天画地，语速和步速都是越来越快）天子之剑，是以燕国长城作剑锋，以齐国泰山作剑刃，以秦国魏国作剑背，以赵国韩国作剑柄。天子之剑包以四夷，裹以四时，制以五行，开以阴阳，持以春夏，行以秋冬。此剑一往无前，举之无上，按之无下，上断浮云，下穿地脉。此剑一用，诸侯从命，天下归服。这便是天子之剑！无形之剑！

楚王孙　（他已跟着庄周来到悬崖边，蠢头蠢脑地）那……庶人之剑呢？

庄周　那就是大王这把破剑！

〔楚王孙傻呆呆地望着手中剑。

庄周　（神色傲然）相待以礼，不若相忘于江湖。回去吧！

楚王孙　（凶狠地）大王有令，今番定要带先生回宫。

庄周　我要是不去呢？

楚王孙　大王还有令，活要见人，死要见尸！

庄周　也罢！

〔在那悬崖边上，庄周伸展双臂，如大鹏展翅般飞跃而下。

楚王孙　庄先生——庄先生——

〔光渐暗。静场。

【第四幕】

〔初冬。黑暗中深长的呼吸声。黑暗尽头有一团白光渐渐变亮，这纯净耀眼的光亮在扩展。远方飘来若有若无的风铃声。

〔病房。庄生起身下床。

小护士　庄先生，你醒了？

庄生　我这是在哪儿？

小护士　还记得你叫什么名字么？

庄生　庄周。

小护士　庄周？

庄生　有时候是。

小护士　庄周都死好几千年了！

庄生　刚才我还梦见他！（怔怔地看着右手紧攥的手表。“梦中之物，犹在手中。”这很有意思！观众会顿觉讶异，但后来田晓蝶说她已来过病房，那么，也许是她带来的。）

小护士　你的名字叫庄生。

庄生　我说我叫庄周，那我就是庄周。……我梦见向监河侯借粮，梦见鼓盆而歌……（看手中表）又梦见跳崖……

小护士　（鬼鬼祟祟地）那你还记得我吗？我！记得不？书稿，别墅，喝酒……有木瓜……

小护士　记不得也好！省得你胡乱说！

警察的声音　你刚才说什么？

〔便衣男警察匆匆上，此即第二幕中的那位测谎员。

小护士　（嘴硬地）我刚才说什么了？你一个陪护的，你管得着我吗？

警察　我是警察。（掏出警察证）

小护士　警察？

警察 出来。

〔小护士跟警察来到病房外。

警察 姓名?

小护士 陶花。

警察 全名?

小护士 全名就叫陶花，陶瓷的陶，鲜花的花。

警察 哦，听他们叫你阿花，这就没错了哈。我问你，你刚才跟庄先生说什么了?

小护士 我说什么了?我跟失忆的人说话，自己也都失忆了。

警察 那我提醒提醒你吧，你说“记不得也好，省得你胡乱说”！你怕庄先生乱说什么?

小护士 我怕他乱说……他说他叫庄周!

警察 我问你，那天晚上庄先生去你家干什么去了?他为什么那么晚去你家?

小护士 那你干吗不问他呀?

警察 庄教授失忆了，你比我更清楚啊！我已经问过了，那天晚上最后跟他通话的人，那位出版社的孔社长，他说最后听见一声惨叫……

小护士 那我当时是在客厅里，既没听见，也没看见呀！

警察 那庄先生去你们家干什么去了？

小护士 庄先生来我们家，他来谈工作呀！

警察 可你是穿着睡衣啊……

小护士 我那是便衣……你这不也是穿着便衣吗？再说了，你都在这儿待了俩月了，干吗现在才来问我啊？我知道了，搞了半天这俩月你装作他的学生在这儿陪护，其实是来调查他老婆失踪的案件吧？

警察 （起疑）你怎么知道他老婆失踪了呀？

小护士 哎呀谁不知道啊，都传开了！

警察 那你认识他老婆吗？

小护士 （悻悻地）我上哪儿认识他老婆去呀！

警察 那我问你，你和楚院长是什么关系啊？

小护士 我老公啊。

警察 老公？他有老婆！

小护士 哎呀心里有数就行了！还非得说出来啊？那我能跟你说我是他二奶么？我能跟你说他是我的提款机么？这些话我能跟你说么？！

警察 你这不说了么？

小护士 （掩嘴）哎哟……

〔身着蓝底彩蝶衣（或彩蝶裙）的女子走过前台，神态优雅而矜持，冷傲中有些惆怅。橐橐的高跟鞋声。

警察 （倒吸一口冷气）田晓蝶……（隐下）

〔田晓蝶走过舞台。舞台深处是杨大夫办公室。杨大夫坐在桌前。小护士也朝那边走去。

田晓蝶 我想了解一下病人的状况。

杨大夫 （冷漠地朝田晓蝶瞟一眼）这可不好说，边治边看呗。

田晓蝶 你能理解一下病人家属的心情么？

杨大夫 （木然地）我只负责给人治病，不负责给人上课呀。

田晓蝶 贾局长跟我提起过你，所以我今天……

杨大夫 贾局长？他跟你说起我？（与小护士交换眼色，脸色和蔼地）庄教授是闭合性脑损伤，手术本身很成功，脑中线变直了，也无须再做高压氧治疗。现在的关键是恢复记忆，理论上说这也不是没可能，因他有过“濒死体验”。

田晓蝶 濒死体验？

杨大夫 用咱们中国话来说，就是“元神出窍”。Life After Life，死去活来，生命不息。一种有争议的精神现象，有人在垂危时会看到另一个自己，像是弗洛伊德所说的“超我”。庄教授醒来说他回到了古代，说他就是庄周。这很难说是记忆，也难说是梦境或幻觉。病人像是看了一段电影，不过国外有专家认为，那也许只是瞬间的体验。

〔警察引着一位西装男子走来，男子拎着一个沉甸甸的手袋。此人便是庄生所在学院的楚院长。

警察 庄教授，楚院长来看您来了！

楚院长 （得意扬扬地）庄教授——怎么？不认识了？今天我特地带来一份厚礼，这个不眼生吧？！（他手拎沉甸甸的金色木匣，此即第三幕中楚王孙的礼匣）。

庄生 （眼睛立时发亮，快活地）这玩意儿我见过，方才在梦里，可我把它回了！

〔楚院长从金匣里去取出精装新书。

庄生 （出神地望着书封，突然受了刺激）《庄子解蔽》！这上面怎么有两个人的名字？这个“楚天”是谁啊？

楚院长 （脸色陡变，语气强硬地）咱们不是合作嘛，并且这合作也是你先提出来的呀！

庄生 合作？我跟谁合作？这书上每一个字都是

我自己写的！

楚院长 是是是，都是你写的，全都是你写的……就连封面上这两个字——楚天——我的名字——也都是你写的！

〔警察观察庄生和楚院长的神色。

警察 楚院长，您说这书是合作，可庄先生说这是他自己写的，看来这事真有点不可思议了。（转向庄生）庄先生，看来您对这书有特别的情感啊，那咱们不妨做个测试，我随便翻开一页，第三章第三节，看你能否说出这一节的开头？

庄生 （略微迟疑地）万物沉寂，一只蝴蝶在飞。在无何有之乡，在你的呼吸之间。

〔停顿。

警察 （喃喃地）一字不差……

楚院长 （愠怒地）好了好了！这合作也并不都是写字嘛！并且合作也是你先提出来！怎么现在出尔反尔了呢！咱们不是都说好了吗？

庄生 说好了？说好了什么？说好了人人生而平等，人要活得有尊严；说好了人也不再吃人，可这个世界是怎么了？（指向房角）你看电视上这老虎！老虎吃人它是饿！吃饱了它不就不吃了？可这人吃人却是没个够！

楚院长 （恐吓地）你就撒野吧你！学校是一个萝卜一个坑，没多余的饭碗了！

庄生 （快意地）你放心，卤煮火烧我还吃得起！你也不敢开除我，不信咱就试试！你要欺压我，成，算你狠！哪天轮到我让你不爽，你也就甭后悔！

楚院长 （狂怒地指着庄生脑门吼）你大脑缺氧！

庄生 （沉声怒喝）手拿开！

楚院长 我是院长！（手并未拿开）

庄生 不要指着我的头！

〔庄生啪地猛抽楚院长一个耳光。

楚院长 （气咻咻地捂着脸往外走）反了！

走人！

〔杨大夫办公室。

杨大夫　（严肃地）他脑子有病。不过你也不用特别担心，因为他已经死过一回了，这就有可能改变人的生命状态。很多人在那一刻看见了光明，他们就不再惧怕黑暗，他们会变得更洒脱，更纯粹，更任性。

田晓蝶　那他的记忆究竟能恢复多少？

杨大夫　宇宙有多复杂，人脑就有多复杂。就像人喝醉了，就很难记起说过的醉话。庄教授现在有的只是短期记忆，而且只有半分钟。这就好比是一个漏斗，半分钟内可以持续反应，半分钟后就漏得一干二净。至于长期记忆就很难说，受伤前的事更是一片空白。

田晓蝶　不……不是空白。

〔杨大夫吃惊地望着田晓蝶。

田晓蝶　（确定地）他能记起二十年前的事。

〔静场。

〔医院的花园。楚院长与田晓蝶不期而遇。

楚院长 （有些吃惊地）你怎么在这儿？

田晓蝶 （冷漠地）来跟你做个了断。

楚院长 你要嫁人了？

田晓蝶 （怒上眉梢）戏该收场了。

楚院长 谁？……这究竟是为什么？！大半年了！我们在一起……难道你不幸福吗？

田晓蝶 你……你幸福吗？谁都明白，我们只不过是舞伴，只不过是同居，只不过是上床！

楚院长 （痛苦地）……怪我太当真……

田晓蝶 （神色黯然）要怪就得怪那场雨……怪那场舞会……我只知这舞伴是拍卖行的楚老板，没想到还是大学的楚院长。

楚院长 （试图解释）既然你知道我身份了，我就跟你说，我这人是做学问做生意两不误，改天送你我写的新书……

〔田晓蝶决绝地离去。楚院长站在原地发呆。

〔静场。

〔庄生的病房。

警察　庄先生，您知道刚才是跟谁说话吗？

庄生　（悠然微笑）我管他是谁，谁让我不痛快，我也会让他不舒服。我可不是活给别人看！想说就说，本能随性，自在！

警察　（试探地）本能随性！您确定这书是您自己写的？

庄生　《庄子解蔽》！不是我写的还能是谁？！我开读《庄子》是哪一年？……（试着回忆，迟缓地）一九七一年，林彪逃苏联；坐着三叉戟，丢了皮大衣！一九七一年……

警察　（惊喜地）有救了！（兴奋地冲出病房）

〔庄生右手攥着手表，静静地望着窗外

的风景，忽然似有感应，他扭头怔怔地望着病房门口，目光也渐渐发亮。有箫声传来，庄生的记忆深处被触动。他缓缓地做一个深呼吸，脸上浮现出温暖的笑意。

〔田晓蝶上，姿势依然有几分矜持，眼神却分明变得更为柔和些了。

庄生 （忽然惊喜地）我知道你是谁！——田晓蝶！舞蹈学院学生。

田晓蝶 （眉头微蹙）二十年前我是学生。

庄生 宿舍太乱，就坐这儿！（忽然有些慌乱和羞怯）……我给你看看手相？（晓蝶从庄生手里拿过手表，戴在自己手腕上。庄生一把抓住田晓蝶的左手）哎哟，你这五指呀……

田晓蝶 男左女右，你该看这只。

庄生 （抓过田晓蝶右手，煞有介事地研究起来。故作神秘地）你这五指——

田晓蝶 五行相克！

庄生 回答正确！

田晓蝶 早上我就回答过，就在你这里。

庄生 （略有些尴尬，忽然怔怔地望着田晓蝶的手表，兴奋地）找回来了！那天我钓鱼，一下子就钓上来！破是破了，可表针还在走。（台侧拟音演员或可发出表针走动的夸张的咔嚓声。庄生试着回忆）这可花了我一个月工资。

田晓蝶 三个月。

庄生 对，三个月。我的工资是多少？

田晓蝶 你自己想想看……十几年前的工资。……我最喜欢里边这蝴蝶，那是我的名字。这是你送我的一个礼物……也是最后一个……还记得是在哪儿送我的？

〔庄生再苦想。

田晓蝶 想想看……郊外……芦苇地……

庄生 （喃喃地）郊外……芦苇地……芦苇地……我好像知道这地方……（艰难地试着回忆）那儿有蓝天，有白云，有阳光……还有一片芦苇地……

田晓蝶 （欣慰地）你去过那儿吗？

庄生 一定是去过的……一定是去过的……我们周末就去……对，我们周末就去！（奔向舞台深处）那儿有蓝天，有白云，有阳光……还有一片芦苇地！（轰然撞开一片风景，一片风中的野芦苇。撞开的方式：后墙或可以泡沫板制作，他是撞开这堵墙，撞出一个缺口。）

庄生 风中的芦苇地，风吹芦苇，如波浪起伏……（梦呓般地）那么我们走吧，你我两个人……

〔静场。

〔光起。警察上，在稍远处立住。在如下这场戏中，田晓蝶虽是答话，实为独白。这是她忧郁的内心独白，时有必要的停顿，不要太流畅。

警察 田晓蝶，咱们是该结案了。你失踪的那天是3月21号吗？

田晓蝶 （平静地）是，我记得那天是春分。

警察 这大半年你去哪了？

田晓蝶 也没去哪儿，就在这城里待着。

警察 （惊讶地）打了一架，就出走啊？

田晓蝶 没打架……也没吵架。就有这么一天，他在睡午觉，我实在闷得难受，就想出去透透气。漫无目的走在街上，一直走到天黑，忽然又牙痛，就更不想回去……找个旅馆住下，过了第一天，感觉还不错，于是就有第二天，第三天……

警察 （困惑地）闷得难受就出走？究竟是怎么个闷法？

田晓蝶 （揶揄地反问）你结婚了吗？（警察很不情愿地摇摇头）等你结了婚，等你结婚过上十几年，你就知道了。

警察 我看是你的问题。

田晓蝶 （停顿，然后沉静地）是我的问题……也是婚姻的问题……假若你是一个在外受气的男人，你以为自己是个人，别人却看你是窝囊废。你只有每天抽三包烟证明自己还活着。你太太也吸着二手烟，陪你一边证明自己还活着，一边证明自己在找死。这是她想要的生活吗？

警察 所以你就走了？

田晓蝶 对。

警察 那你干吗还要回来啊？

田晓蝶 （停顿）没人能回答这个为什么，你只能相信自己的感觉……我们不是还没离婚么？这只破碎的表也还在走动……我们都还有时间……我也并未走远，但也不知还能不能回得来……他的这场意外给了我回来的理由。大难不死，而他完全变了一个人……确切地说，是找回了他自己，这才是他本来的样子。

警察 （停顿）不明白。

田晓蝶 （激动地）不再忍气吞声，不再委屈自己，不再是窝囊废！因为他本来就不是！有尊严，而且有激情！（沉静地）我们都已死过一回了，我们不再惧怕什么。我们都还活着……我们总还有时间……世界上有这么多人，而他就记着我一个。这么多年过来，这么多风风雨雨，而他只记着最初的美好……我也记着那最初的好时光……那一天他忽然对我说——

庄生 那么我们走吧，你我两个人……

〔稍长的停顿，然后是梦呓般的独白——

田晓蝶 黄昏时分，我们离开这城市，就我们两个人……

庄生 地上覆盖着棉絮般的积雪，黑天鹅在冰冻的河床上觅食……

田晓蝶 他拉着我的手穿过那冰河……远远地我

就望见了那片芦苇地……

庄生　风中的野芦苇，如波浪起伏，如雪花飘飞……

〔景深处渐显一片野芦苇。

田晓蝶　那片芦苇地其实就在城郊，那却是我们遗忘已久的风景……内心深处的风景。

庄生　再一次，我们来到这里，这是属于我们的风景……（田晓蝶走向芦苇深处）我们走进芦苇深处，我们看见一只蝴蝶……一只白色的蝴蝶……（此处不要激情）

〔舞台深处，穿过野芦苇的灯光直射观众。

〔静场。某种风声。

〔警察、曹商、楚王孙、小护士默默上。他们庄重地伫立台侧，默默地望着景深处的那片野芦苇。

警察　这是很久很久以后……（停顿）

曹商　我们已成古人……（停顿）

楚王孙　我真的看见了……（停顿）

小护士　有一只蝴蝶……（停顿）

〔光暗。风声。

〔四位演员依次庄重地谢幕。

〔庄生与晓蝶从景深处携手走来，此刻现身的却是古装晓蝶。

剧终

《庄先生》纪事

2014年12月国家话剧院先锋剧场首演，自此至2016年7月国内外巡演逾百场。国内主要演出场地：国家话剧院先锋剧场、北京人艺实验剧场、北京天桥艺术中心小剧场、上海话剧艺术中心艺术剧院、香港文化中心剧场。

2015年11月中国剧协《剧本》杂志刊发剧本。

2015年度中国小剧场戏剧票房TOP10。

2016年度国家艺术基金资助项目。

2016年第10届华文戏剧节最佳编剧奖。

2016年第34届韩国戏剧节特邀剧目。

2016年第70届法国阿维尼翁戏剧节邀演剧目。

2017年第71届法国阿维尼翁戏剧节邀演剧目。

廣陵绝

Sound Of The Sword

时间

曹魏末年，故事背景在公元三世纪；战国末期，故事背景约在公元前四世纪。

场景

魏国山阳，魏都洛阳；齐国乡野，韩都阳翟。

人物

嵇康/聂政　嵇康字叔夜，魏末名士，四十岁，风神俊逸，才冠群伦，然恬静寡欲，狷而不狂，性峻烈，有侠气，擅论辩，好打铁，著《琴赋》；聂政乃流落齐国的义人，二十多岁，好读书，高大清俊，家境贫寒承父业打铁营生，后以琴艺进见韩相行刺。

阮籍/严遂　阮籍字嗣宗，魏末名士，家学渊源，五十四岁，样貌清奇，放浪形骸，外冷内热，擅以醉酒装傻，而内心实苦；严遂字仲子，韩国大夫，被聂政视为知己者。

山涛/韩傀　山涛字巨源，五十八岁，竹林七贤之最年长者，亦为七贤之为官最显者，老成持重，宽宏有器量；韩傀乃韩相，体壮有力的龌龊之辈。

向秀/仙人　向秀字子期，三十六岁，斯文清秀，研《庄子》，有深情，念竹林之游作《思旧赋》；仙人乃琴师，聂政曾向他学琴。

钟会/廷尉　钟会字士季，三十九岁，大书法家钟繇之子，有文韬武略，司马昭鹰犬和谋士；廷尉乃战国时韩侯令执行者。

曹璺/聂嫈　曹璺为嵇康妻，曹操后人，长乐亭主，有生逢末世之哀；聂嫈乃聂政姐，其事迹堪可媲美安提戈涅。

【开场】

〔场灯渐熄。隐约传来某种嗡嗡的噪音，某种空洞而昏沉的隆隆响声，某种巨大的混杂的噪音，像是黎明时分半梦半醒中隐隐可闻的那种含混的轰鸣声，依稀可辨的是其中有某些机械撞击的刺耳的声响，有类似老式垃圾车装卸时的哐当声，类似建筑工地的那种单调而沉重的打桩声。

〔噪音渐息。幕后传来悠远神秘的古琴声，琴声清丽悠扬，沉静而舒缓，仿佛是平沙落雁的景象。顷刻复有洞箫响起，琴箫合奏，一派秋水苍茫的意境。

〔演员们走上舞台，他们在台侧落座。

在演出过程中，背景演员也可以形体扮作某种道具，或演示某种情节。

【山阳】

〔起风了。山雨欲来。这是初秋时节。一个丰神俊逸的白衣男子在暴走。这是披头散发、脚蹬木屐的嵇康。他振臂甩手，疾步乱走，褒衣博带，随风飘展。他旁若无人地疾走不停，身上似在微微发散着热气。

〔阮籍拎酒坛上场。阮籍须发散乱，亦是一袭宽袍大袖的白衣。嵇康依然目不旁顾地大步疾走。阮籍暗自苦笑，便曲起右手二指，将这手指纳入口中，便仰头鼓腮使力发一声长啸。山鸣谷应，这长啸声震林木，有数片竹叶在簌簌颤动。此乃嵇康隐居的竹林。这片竹林地处河内郡的山阳，黄河北，太行南，距河南的魏都洛阳不近不远。

〔竹林清幽苍润，有云雾缥缈，林深处有一楹简朴的园宅，远处大柳树下也有一座锻铁炉。嵇康夫人曹璺在远处现身，她忧心忡忡地望着阮籍。阮籍并未注意到她。

阮籍 （迷迷糊糊地低吟）“徘徊将何见，忧思独伤心。……”

〔阮籍兀自坐在竹席上，叉开双腿，打开酒坛，冲着嵇康摇晃。嵇康收住步子，晃悠悠走来。

阮籍 （略带讥讽地）飘飘欲仙啊！爽了么？

嵇康 （气喘吁吁地）不怎么爽！这身上忽冷忽热的……

阮籍 怕是吃药吃多了，又怕是吃错了药吧？近来又去苏门山云游否？遇见孙登神仙了么？

〔嵇康急躁地冲夫人招手，他的神情有些飘忽，似有服药后的迷醉感。曹璺拿两个长柄酒勺来。这女子长裙曳地，大袖翩翩，身姿优雅而飘逸，而神色却有些凄哀。

曹璺 （施礼）阮大人光临，有失远迎。

阮籍 阮大人？听着好别扭！哈，亭主！阮大人失礼！（忽觉自己箕坐不雅观，便欲起身。）

嵇康 （讥讽地）阮大人阮步兵免礼！（阮籍便不再起身，只是抚一下束发的布巾，双腿也略微收拢些）

阮籍 （自嘲地）礼法岂为我辈设！没错，我说过这话。……都传开了……可这不还没醉么……

〔阮籍正欲倒酒，却被曹璺止住。

曹璺 这酒他不能冷着喝，我拿去温温。今儿个是啥好酒？

阮籍 是你祖上最爱喝的酒！

〔曹璺闻言立时有些不悦，她抱起酒坛转身回屋。阮籍便有些纳闷。

嵇康 嗣宗兄别见怪。女人嘛，也是心太细，近来尤其不敢提她的家事，这曹魏的江山眼看就要改姓司马了……

阮籍　（自语）何以解忧，唯有杜康……这可是陈年老酒啊！我领这个步兵校尉的闲差，着实是冲着营房那些库存酒，待到喝光了，我也就该辞职了！

嵇康　也好，快喝完，赶紧辞！司马昭之心，路人皆知……

阮籍　（闷闷地）时无英雄，遂使竖子成事……

〔嵇康忽然有些分神，他霍然起身，又弯腰捡起一条竹叶，便劈空挥舞起来。这竹叶坚挺如铁，锋利如短剑。阮籍顿感很诧异。

阮籍　活见鬼！你看到什么？！

嵇康　（犹自挥舞）苍蝇！一只苍蝇！烦！

阮籍　不爽啊！嵇叔夜当世名士，眼里容不得一只苍蝇！这事若是别人见着，又得传开了……

嵇康 我就不信我打不着！（更凶猛地挥舞）

〔曹璺端上温好的热酒，托盘里还有一大串葡萄，还有几块鱼干、几块开花饼。阮籍又起身欲接，忽又止住。

阮籍 （恨恨地）男女授受不亲！且让我喝醉先！

曹璺 哟，好清醒！我听阿咸说，去年令嫂回趟娘家，只是回去探个亲，你就痴痴地去送别……是执手话别么？你就不顾这礼防了么？你就不怕邻里说闲话？

阮籍 （尴尬地）邻里确实没少闲话，可我回敬道：俗礼岂为我所设！（停顿）酒！

曹璺 （放下竹盘，倒酒）阮大人真个是苦！赶紧喝个醉，忘了这些礼俗！

阮籍 （猛饮一勺，便沾酒劲）知我者曹夫人也！

曹璺 立马就来劲！（又为他倒一勺酒）要说这男女之大防，我倒想求证个事。听说那天你在黄公酒垆喝醉了，就睡倒在那女掌柜的脚下，她那男人却也不见怪，人家那可是美色少妇……

阮籍 少妇也罢，少女也罢，不都是人么？其实这事也不是头一回，好在那家男人不见怪，我也不避嫌，我是坦荡得很！夫人既要求证，我也愿说与你听，我是想说那个姑娘，那个兵家的小女子……（又猛喝一口酒）其实我压根就未见过她，听说是个颇有才色的姑娘，那天忽然听人说她死了……如花似玉的姑娘，含苞待放的姑娘，还没待到嫁人，却说没就没了……（出神地）我是真的好难受，我好想去为她哭一场！……这样想着，我就去了，就找到那家门上，就去放声大哭了一场，直到哭够了我这才回家……

〔长长的静默。嵇康静静地回来坐下，他披襟袒胸，似乎身体仍是燥热。曹璺为他倒一勺酒。

曹璺 你们阮家也真是出情痴！还有你那侄儿阿咸，追回个外国女子作妻子，听说那眼睛碧绿碧绿的，也真是让人大开眼界了！他也不带来我看看。

阮籍 （颓然自得地）快要生儿子了！那个鲜卑女人，生个碧眼小狐狸！也好！这侄儿是被我带坏了，那天他正与族人饮酒，他是以大盆盛酒，一群猪便过来凑热闹，他就跟那些猪一起喝！有他跟我混就够了，不承想我那小儿也跟样学样，那天被我狠骂了一通！

曹璺 可见那是你没醉的时候。

阮籍 （兴奋地）知我者——（瞟嵇康一眼便打住）

曹璺 对了，阿咸也有日子没来了，前次在这儿醉酒，那把琵琶也落下了，正好托你给他带回去。

嵇康 （抱膝而坐，抿一口酒）好酒！（冲着妻子）快去把向秀唤来，来喝嗣宗兄的好酒！

（曹髦转身离去）

阮籍 向秀老弟，好，我也许久不见了，他还跟你打铁么?

〔他们望着景深处那座简陋的锻铁炉。

嵇康 向秀在埋头做大学问呐，他在忙着注《庄子》。我是给他泼过冷水，大道难言，又如何能注解？蛟龙缚足，注不好不如不注。看来我是小瞧了他，读过他注过的几篇，我不得不叹服！我跟他在一起总斗嘴，总是争辩不休，这事算他将我驳倒了！这个向秀必将著大名于天下！话又说回来，这五百年来，《庄子》却也没有像样的注本。上一个乱世出了孔孟老庄，然后是儒术独尊独享；这一个乱世老庄复兴，玄风振起，也还需要妙解原典才是，这玄学说到根上还就是庄学。

阮籍 咱们都是心属老庄，可是境界也不一样。依我愚见，内丹尽可修炼，外丹也就罢了。你看你方才这一番折腾！是药三分毒，你这五石散……这仙药恐是有七分也不止，这些石英硫磺之类的东西……

嵇康 还好，服食后就是燥热，就得这么大步走走，发散发散药劲儿，出出汗，然后吃寒食，喝温酒，然后就通体舒坦……这好处也是说不尽，健体，固神，养生，延年，而且还美颜……

阮籍 （盯着嵇康裸露的皮肤）哦，还真是，还真是越来越白了，又白又嫩，吹弹可破！

嵇康 过奖！神仙可以学得，这药你不妨也尝尝。

阮籍 （连忙摇头）我又不是没尝过，不灵！咱们这伙人，有一个成仙也就足够，而你已然是半仙了，甚好！成不了天仙成地仙，也好！再说我这把老骨头，也经不起服药后的这通暴走……这番行散……

嵇康 是……散步！

阮籍 散步？……散步……这个词甚好！许慎《说文解字》里没这个，我得赶紧记下来。

纸！笔！我恐酒后忘了……

嵇康　不急不急，先喝酒……

阮籍　（自顾起身朝书斋走）散步……散步……

〔天色渐暗，那些竹叶的剪影更是酷似剑刃了。风吹竹林，远空传来几声雁鸣。

〔嵇康起身随阮籍朝书斋走。

嵇康　（沉吟地）对酒当歌，人生几何！譬如朝露，去日苦多。慨当以慷，忧思难忘。……刘伶不在，也是可惜！不在也好，要在这酒就没你我的份了……

〔阮籍从书斋里拿出一张信纸，急急地展阅。

阮籍　阿都……是吕安么？跟你一起灌菜园的那个？

嵇康　（手挥麈尾）吕巽吕长悌，吕安同父异母的兄长，说来我是先识吕巽再识吕安，我与吕安遂成莫逆之交，眼下这档子烂事是……其实也是去年的事了。那吕巽趁吕安不在家，灌醉奸污了那位貌美的弟媳。可怜那女子，醒来便羞愤自尽了。阿都气愤不过跟我说，想去告发吕巽，我却想着息事宁人，说是家丑不可外扬。我找吕巽讨说法，吕巽深表痛悔，也保证今后不找阿都的麻烦。我回头又劝解阿都，这事也就过去了。岂料吕巽忽就恶人先告状，他倒打一耙告阿都一个不孝罪！

阮籍 （念纸上文字）“何意足下包藏祸心邪？都之含忍足下，实由吾言。今都获罪，吾为负之。吾之负都，由足下之负吾也。怅然失图，复何言哉！若此，无心复与足下交矣。古之君子绝交不出丑言。从此别矣！临书恨恨！……”（读罢望着嵇康）与吕长悌绝交书。

嵇康 真不知那吕巽到底学了多少坏！阿都也是放达之人，他听信了我的话……这是我害了他……

〔向秀随曹璺上场。这位风度翩翩的白衣秀士怪怪地梳着双丫髻，头上还簪了一朵花。

向秀 （拱手）嗣宗兄好久不见，别来无恙！

阮籍 好歹也还活着……老弟近况如何？听说是学问大长啊！

向秀 惭愧惭愧！小生既无嗣宗兄的诗才，便只好下点笨功夫做学问。日夜与庄子神交，也是人生一乐！

嵇康 子期的笨功夫也真是笨到家了！你那八十多首《咏怀》诗，他也下了一番笨功夫，不得了！你让他自己说！

向秀 不是呼我来喝酒吗？

〔阮籍奔向酒坛，曹璺递上另一只酒勺。阮籍为向秀倒酒，又以双手献给向秀。

向秀 不敢当不敢当！折煞小弟！（品酒）

阮籍 （期待地）怎么样？

向秀 好！

阮籍 你这大学问也就一个好字！

向秀 酒也好，诗也好，反正都是好，这意思就是好得不好说。道，就是“不好说”！“道可道，非常道。”——不好说，可不好说，非常不好说！

阮籍 我洗耳恭听！

向秀 嗣宗兄是天下第二号的酒鬼，可你洋洋八十多首《咏怀》诗，竟无一个酒字！（阮籍惊愕地望着向秀）这话是说得有点绝……酒字倒也是有一个，但也只有一个，但却不是说喝酒……（吟诗）“对酒不能言，凄怆怀辛酸”……（阮籍便面有痴呆状）这怎么说？若说醉酒是你的真性情，《咏怀》诗就不该不说酒……要么咏怀是假，要么醉酒是假……嗣宗兄！怎么说？

〔静场。众人不语。

阮籍 （默默喝一口酒）没错，借酒浇愁而已。知我者——

曹璺 装癫卖傻，装醉作痴，玩酒遁，翻白眼，可这毕竟也是真功夫！有司马昭大将军包容，也真是好福分！（转向嵇康）阮大人这番修炼，几时你能学点皮毛也好！人家这才是达人！

嵇康 （似有歉疚地望着曹璺）说的是……我这倔性子也真是麻烦，养生先要养气，我却动辄生气，总是心气难平，又轻肆直言，遇事则发，天生就没这忍字功夫……也是难！有些事也不是你翻个白眼就能过去。

阮籍 一个不成我翻两个！

向秀 嗣宗兄放浪形骸，猖狂怪诞，不拘礼俗，可是喜怒不形于色，不议时政，不问国事，不得罪大将军，凡事都有大将军护着；叔夜兄美风仪，好气质，举止不出格，虽狷而不狂，可是不识时务，嫉恶如仇，又率性而为，论理每每惊世骇俗，文章兴高而采烈，大将军哪容得下这个！

阮籍　要说他容我，我也没话说。他说我是“天下之至慎”，我也就是装癫卖傻呗！那天有司报来一起案子，儿子杀了母亲，我便说，杀父尚可，怎能杀母呢？钟会他们便指责我说疯话。大将军也说，杀父是天下之极恶，你怎么说是可以？我说，禽兽知其母而不知其父，那么，杀父便是禽兽之行，而杀母则是禽兽不如！（停顿）怎么？不好笑么？你们都不笑！……那天他们可是都很悦服……

〔曹璺他们都是神色凝重，阮籍也就严肃些了。

阮籍　那个钟会好诡诈！他时常拿时事问我，也让我评判人物，他是想套我的话，然后找碴治罪，可我偏不上他的套，每每我都是装醉敷衍……

曹璺　（忽然失控地冲着嵇康喊）不要去洛阳！（又冲着阮籍喊）劝劝他，不要去洛阳！

〔静场。他们望向竹林深处。

阮籍　（故作轻松）你说我是天下第二号的酒鬼，那第一号是……

向秀　还能是谁？刘伶老儿呗！天生刘伶，以酒为名！

阮籍　（猛拍脑袋）看看！谁说我是装！我这是真傻！

〔他们难得有了一点笑声，男人们于是又喝酒。

向秀　听说有阵子他驾辆破车瞎游逛，让人扛着铁锹跟在后头走，他说醉死就拉倒，死了就地埋……

阮籍　（已是醉眼蒙胧）他可不是瞎说！他才是活得最舒展！最自在！看过他那篇《酒德颂》么？那也是绝妙文章！（悠然神往地）有大人先生者，以天地为一朝，以万朝为须臾，日月为门窗，八荒为庭堂。行无辙迹，居无室庐，幕天席地，纵意所如……

嵇康　幕天席地，他这屋子是够大！所以他裸体醉卧，旁人说他有伤风化，他说人家是多管闲事！天地是他的屋子，屋子是他的衣裤，旁人进他屋里，也就成了他裤裆里的虱子！好气魄！

阮籍　有这一篇文章，他也就算是没白活！（冲嵇康）咱们学学刘伶老儿，咱们也痛快点，豪饮一个！

嵇康　（只喝一小口，苦笑）这酒劲还是蛮大！你也知道，我这酒量有限……

阮籍　（嘟哝）小酌，雅饮，这你倒是好节制！也罢，有节制方能成大事！你看山巨源，谁见他醉过？还有阿戎那个小俗物，那琅琊王氏的人，既精明又务实……

嵇康　（忽然伤感地）山巨源，刘伶，王戎，还有你那侄子阿咸……（曹壆忽然转身离去）那年咱们七人竹林同游，肆意酣畅，屈指算来也是十几年前的事了……

向秀　如今阿戎弄了个小官干得欢，山巨源两年前你又绝了交……

嵇康 天知地知，他知我知，司马昭让他拉我做官，我不干，又恐他为难，情非得已就写了那封绝交书……那场绝交弄得满城风雨，他自然也不便来山阳了。不过这次我去洛阳，说什么也得会会他……

曹璺 （绝望地）不要去洛阳！

〔曹璺抱着一件形似圆月的乐器走来。

曹璺 阮咸落下的琵琶，嗣宗兄顺便给他带回去。

向秀 琵琶？

阮籍 他也是瞎鼓捣，鼓捣着就造出了这么个玩意儿。

嵇康 阮咸妙辨音律，那也是神功！我修琴道多年，便深知这个。我也试着弹弄了几下子，这音色是跟琵琶不一样，这式样也是很特别，状若满月，有揽月入怀之感。回去你跟阮咸说，这乐器也该有个名字了……

〔嵇康伸手欲取这乐器，曹璺并不给他。她眼含哀愁，冷冷地望着嵇康。

嵇康 （自语）阿都听信了我的话，结果落得这下场。我得去洛阳，我得去为他申辩！

阮籍 我看你还是别去了，夫人也是担心……他那不孝之罪一般也就是流放，你若去洛阳，却定准就会给自己惹麻烦……弄不好是杀身之祸……

〔静场。雷声隐然可闻。

阮籍 年少时我也有过鸿鹄之志，我也练过剑，可是时不我与，形势比人强……就说眼前的事吧，嘉平元年诛何晏，灭三族；正元元年诛夏侯玄，灭三族。腥风血雨，人头滚滚。天下名士诛杀过半，剩下一半人人自危，也就我这无赖醉鬼样了。惨烈啊！多活一年便是一年吧。（打个酒嗝）浊世清流，好在还有你嵇叔夜！所以你得多保重！

〔嵇康神色凝重，只是默然饮酒。

向秀 甘露五年，权臣弑君，皇帝的罪名是不孝！司马氏宰割天下，以奉其私，总有冠冕堂皇的借口。先帝曾梦见三马食曹……司马懿，司马师，司马昭，迄今这三马都有了，曹家恐是气数将尽了……

〔他们朝曹璺望去。曹璺不胜抑郁，疾步回屋。他们又默默地饮酒。阮籍忽然手伸进衣服里，似乎有些发痒，似乎扪住了一个虱子。向秀偷笑，阮籍却依然神情严肃地说话。

阮籍 长乐亭主娘家这一支，虽说不显山不露水，与世无争，可终究也是皇族一脉……

嵇康 我这不是没做曹家的官吗?

阮籍 你可以不做曹家的官，可你不能不做司马家的官……

向秀 两年前你那封绝交信，名为与山巨源绝交，可谁都看得出，你是与司马氏绝交……非汤武而薄周礼，越名教而任自然。……即便你皇亲的身份不碍事，这些言论也会是祸端……

嵇康 名教，名教，以名为教，以君臣官长之名为教。我既然绝意仕途，自然就不必在意这个。

阮籍 （哀叹）强者凌暴，弱者饥号。文武百官以名为教，不再修内圣外王之道了，昔为天下，今为一身……

嵇康 天下无道，众生遭殃，我也实在是忍无可忍……

向秀 叔夜兄，人说真话并不难，难的是忍住不说。

嵇康 天下大事我可以不说，但阿都这小事我还是要说。

阮籍 断断不可！洛阳有司马昭三千密探，时时处处有监视……

向秀 我倒是害怕一个人——你得罪过的小人，若是阿都的案子有他插手……

稽康　谁？

向秀　方才嗣宗兄也说起他了……

〔静场。山雨欲来。雷声渐近。

〔暗场。

【洛阳】

〔光渐起。

〔魏都洛阳。

钟会 （着紫袍）上钩了！果然钓到了！（停顿）人算不如天算，吕巽禽兽不如，无意中却帮了我大忙，我要大大地提拔他！这个嵇康果然是挺身而出了……心跳！多年未有的感觉了！我心跳得好慌！你名盖四海，文辞壮丽，可偏偏就是有勇无谋！你仙风道骨也还是一条上钩的鱼！就为朋友这点屁事，你还真就自投罗网了！我毁不了你的名，我自可要你的命！龙章凤姿，天质自然，你不修边幅，也还是天下第一美男子！好声价！凭什么？！凭什么对我如此傲慢？道不同不相与谋，可我十二分诚意登门求教，你却不理不睬！……（面向观众）那一年，我不辞劳顿驱车去访他，从洛阳到山阳，我诚惶诚恐来到那片竹林，他却硬是给我吃了闭门羹！我手捧自己的心血之作，那是关于官员才品的思辨，关于德才兼备的阐发。他却闭门不见！我徘徊良久，只好将书稿从门缝塞进去……我……我……我是谁？我当然是正宗名门贵公子！我是大书法家钟繇之子！……旷世奇才，我没有，可我也有我的才情，而我不得不将书稿从他门缝塞进去！辱没先人啊！而他只不过比我长一岁！（恼恨地）是我灰头土脸。是他不识抬举。好！第一次我忍了，岂料还有第二次！这一次我可是来者不善了。这一次我是谁？我是司马大将军的人了！我是新封东武亭侯！侯爷驾到，他却依然孤傲无礼！

〔另一光区。竹林中那个简陋的锻铁炉。嵇康和向秀在打铁。他们挽发赤膊，奋臂抡锤。嵇康抡大锤，向秀抡小锤，大锤小锤配合默契，锤头落出，火星四溅。那块通红的铁块在锤击之下渐渐变形。

〔钟会站在远处望着他们。他们却目不旁顾，挥汗抡锤很来劲。钟会强忍怒气，又向前走几步，以期引起他们的注意，而他们依然旁若无人只顾抡锤。钟会受此冷落，脸色变得越来越阴沉。钟会负手而立，那二人犹自挥锤，他们看起来很快活。钟会感到很无趣，便悻悻地转身离去。

嵇康　（抬头望着钟会的背影）何所闻而来？何所见而去？

钟会　（迟疑停步，并不回身）闻所闻而来，见所见而去。

〔静场。收光。

〔另一光区。

山涛　乘兴而来，败兴而去。……祸事了！你那个冷脸早把他得罪了！（以杖杵地）资怨而助祸，他是嫉恨在心，而你是一味任性！不想跟他交往，你也可以笑脸相迎嘛！也届不惑之年了，敢情还是这么一派天真！

嵇康　（故作轻松状）就是说……我还是不够聪明？

山涛　简直就是个傻子！是真傻！（停顿）两年前你与我绝交，也是怪我没拦阻，你自然是一番好意，是为保全我，是恐我不好交差。你隐逸求道，不入官场，不求富贵，你拒绝朝廷征召，你要有番表白，也好，可那番措辞还是太随性！（袖中扯出绝交书）我荐你做吏部郎，你说自己生性懒散，为官有“七不堪”，这都可以，可你接着又说“二不可”，你直说自己“非汤武而薄周孔”，还有“赴汤蹈火”之类，你这没头没脑的侠气也是可怕！

嵇康　（苦笑）侠气？难得你说我身上还有点侠气……

山涛　有没有你都藏而不露吧！别把这侠气用错了地方，别用来自残！时局艰险，你是低估了大将军的阴狠！这封绝交书他随时可以拿出来说事……

嵇康　阿都实在是冤枉……我跟他是至交，当年他家在山东时，每当思念我，便千里命驾来山阳……

山涛　阿都既已发配徙边，你再为他申辩也只是徒劳，弄不好你是以身犯险，引火烧身……你这性子太峻烈！其实你也不是不明白，你这绝交书上也写了……（读绝交书）“阮嗣宗口不论人过，吾每师之，而未能及。”

嵇康　不孝之罪！我也会请阿都的母亲一起作证。

山涛　晚了！吕巽早已唆使，吕母已有证言，说阿都确是不孝之子！吕巽吕安同父异母，吕巽是亲生，老太婆自然向着他。（停顿）本朝以孝治国，不孝就是大罪。

嵇康 真没想到……据我所知，阿都可是个大孝子！比他那兄长强十倍！

山涛 强百倍也没用！父母在，不远游。阿都不是时常跟着你游山玩水么？时常多日不着家。他们的证言就是这个。

嵇康 阮嗣宗听闻母亲过世消息时，他照常在司马府上喝酒吃肉！回家见到母亲遗体，他这才长嚎一声吐血数升！嗣宗居丧无礼，不也没人说他这是不孝吗？就连司马昭也大赞，说他这是不拘礼俗，是名士风度！阿都待到母亲百年之后，只会做得不比嗣宗差。

山涛 这个没得比！人各有命，阮嗣宗有他装傻的福气。他不是有个闺女么？司马昭想跟他攀亲，他却连醉两个月，这事也就不了了之了。（压低声音）司马昭家这个小崽子，兴许就是未来的皇帝……

嵇康 （略带讥讽地）山大人若有这样的机会，怕是不会装醉吧？

山涛 （苦笑着微微摇头）你就取笑我吧，你开心就好，但是我有要紧话说！听愚兄一句话，别再任性，别再以卵击石！大丈夫与时舒卷，自足于怀。世事艰危，人心险恶，既然你不识人情，不谙世故，那就回去做你的隐士，就别掺和这官府的事。（停顿）赶紧离开洛阳，离开这凶险之地，速回山阳去，回你的竹林隐居！（抚摸竹杖）弹琴咏诗，莫问政事，采药打铁，逍遥一世，这就是极好！……哦，想起来了，去嗣宗家为大将军提亲的那人，你可知是谁？

嵇康 这个我是懒得听……

山涛 可我也得直言相告——是钟会！

嵇康 可怜阿都，妻子被毁了，自己又蒙冤流放。这世道人心真是败坏了，可我就不信没天理！他们有他们的证言，我也有我的说法。（停顿）真是欲加之罪，何患无辞！

山涛　当心此话用在你身上！

〔**静场。收光。**

〔**后景另一光区。**

钟会　大将军从事中郎钟会启禀大将军！查闻前中散大夫嵇康近来京师，为不孝罪人吕安鸣冤翻案，其所呈示悉为伪证。又查嵇康以太学博士身份蛊惑学子，妄称有秘藏琴谱。而据知情者报，嵇康所示片段尽为杀伐之声。嵇康向以名士自居，貌似恬静寡欲，远迈不群，实则蠢蠢欲动，图谋逆反。曩者毌丘俭淮南叛乱，嵇康即有暗助之嫌。更有末将亲眼所见，嵇康曾于山阳竹林锻铁，实为铸剑！（停顿。一束追光，光环中的那座锻铁炉，地上有一把剑）国家多事之秋，嵇康之流却玩世不恭，蔑视礼法，他们风流自诩，谈玄论道，实则暗藏异志，淆惑人心。嵇康更是文如其人，愤世嫉俗，锋芒毕露，纵情山水是假，呼风唤雨是真，其言论行状已犯国法刑典，宜当速速收拿归案！

〔静场。收光。

〔前景光区。监舍。月光清冷。嵇康默然独坐。

〔远方有隐隐的雷声，亦有隐约的雁鸣。

〔嵇康手指微微抚动，仿佛膝头有琴。

嵇康　（低声沉吟）目送归鸿，手挥五弦。俯仰自得，游心太玄……

〔后景另一光区。

山涛　吏部尚书郎山涛启禀大将军！惊闻嵇中散身陷囹圄，老朽深感不安。嵇康为吕安辩诬，此乃人之常情，亦是为人仗义。下官多年职荐举，可谓阅人无数，眼光一流，昔日也曾与嵇康交游。若就贤能而论，嵇康乃是不世出的奇才，本应为朝廷良选，奈何他超然物外，慕道不仕。人各有志，这个自然强求不得。嵇康幼年失怙，母兄失教，自是任性成长，恃才傲物，然文人清谈，风流自赏，于人无害，于国无伤。窃以为仍以放归为宜，以尽显大将军优容气度！

〔**静场。收光。**

〔**后景另一光区。**

钟会 司隶校尉钟会再报大将军！吕安嵇康谋反！（袖中掏出一纸，念）“顾影中原，愤气云踊，哀物悼世，激情风烈，龙睇大野，虎啸六合，猛气纷纭，雄心四据，思蹑云梯，横奋八极，披艰扫秽，荡海夷岳，蹴昆仑使西倒，蹋太山令东覆，平滌九区，恢廓宇宙……”吕安徙边，途中作此书于嵇康，幸为密探截获。罪证确凿，论律当斩！不杀不足以安社稷，不杀不足以平民愤，宜将吕安速速追回伏法。同案嵇康，大逆不道，狂悖至极，宜当连坐大辟！

〔**静场。收光。**

〔后景另一光区。

山涛 吏部尚书郎山涛再禀大将军！嵇康不可杀！吕安与嵇康书信，虽有愤激之气，但并无谋反之言。吕安性情中人，只因忍辱蒙冤流放天涯，便有此番悲伤发泄，书生狂语，情有可原。人命关天，有司不可断章取义，肆意挥发。而嵇康乃道行高洁之人，他为吕安申辩，也是重义重情，君子本色。嵇康旷达狂放，才冠群伦，引领当今天下风尚。大将军为留名青史计，切勿背负枉杀名士恶名！

〔后景另一光区。

〔两个光区同时呈现。

钟会 当年姜子牙诛华士，孔夫子杀少正卯，原因无他，惟因他们自命清高，以其自负之才乱群惑众，害时毁教！华士少正卯被杀，无损姜子牙孔夫子圣名。而今皇道开明，四海风靡，边鄙无诡随之人，街巷无异口之议，而嵇康上不臣天子，下不事王侯，轻时傲世，不为物用，无益于今，有败于俗。嵇康吕安发言放荡，非毁周孔，此为帝王者所不宜容。国家之大害，宜尽早诛锄，以淳风俗！不杀嵇康，无以震慑乱党，无以清洁王道！

山涛 真风流者，必有玄心，必有妙赏，必有深情，必有洞见，嵇康非难周孔，鼓吹老庄，越名教而任自然，言论自是洒脱放荡，可也不无情由。孔夫子正名分，兴礼教，本意是行内圣外王之道，奈何世风日下，大道沉沦，名教遂成伪名教，遂成贪权逐利之幌子。嵇康口说“越名教”，其本意并非反名教，他恰恰是欲求真名教，真名教理应本乎自然，本乎大道。天高地厚，日照月明，自然而已……

钟会 山大人仍在为嵇康辩护！大将军明察！当年嵇康欲助毌丘俭叛乱，也是山大人阻止才作罢……

〔**静场。**

山涛 大将军手下留情！（停顿）老臣今有两全之策！嵇康一篇绝交书，就毁了我为政多年清誉，人生苦短，终来都是一把黄土，而文章永存不灭，他这一篇文章我子孙后代也还要读……皇上加九锡于大将军，大将军已是屡番辞让，愚以为趁此时机，正可让嵇康以写劝进文免死。果能如此，则是上合天意，下承民望，大将军亦可名垂万世！两全其美之策，端赖大将军雅量！（蓦然跪地）大表弟格外开恩！

钟会 （纳首伏地）大将军再听我一言！嵇康者，卧龙也，不可起！大将军无忧天下，而欲耳根清净，惟应以嵇康为虑！（停顿）大将军请听这雷声！这不是雷声，这是三千太学生在咆哮，他们在为嵇康请愿！……大将军难道不怕吗？

〔静场。（大剧场若有转台，如上山涛、钟会二人这番交锋则可有最佳呈现。）

〔收光。

〔前景光区。监舍。

〔雷声愈近。

〔嵇康抱膝踞坐，似在闭目养神，而他落寞的神情中却有幽愤和哀伤。山涛曳杖而来，他手拎鸡首壶，神态很疲惫。

山涛 阿都也是多事！发配就发配，熬过几年不就完事了？给你写什么信！满口狂言，全是废话！（停顿）他这篇废话连累了你，你也写一篇废话吧……

嵇康 写给谁？

山涛 大将军司马昭。

嵇康 ……劝进文？

山涛 只有这个活路了！千字文，举手之劳……老套的戏路，司马昭想要皇上为他封晋公，封晋王，他要受九锡之礼，他自然先要做作谦让几番，而群臣更要屡番劝进奏请……今日之事难得有这个活口，好在我是他大表兄，我这张老脸也还是管用。（停顿）往事既已谬，来者犹可追。司马家搞的是屠杀和屈服，你就得表明个姿态，更何况你还是曹家的姻亲。司马昭料理文人的手段，比起他的父兄可是更高一筹，他是又杀又拉！对你这位大名士，他本是想拉你入伙，像阮嗣宗那样点缀太平，即便你那封绝交书触怒了他，他还是放下了已拿起的屠刀……可他只是在忍着，这倒好，不想你又为阿都的事自己送上来！（停顿）钟会诬你谋为不轨，非杀不可，幸好有我这番回护，那么今遭这局面就是明摆着，这是你唯一的活路了，既然司马昭要借你的名，你就得给他个面子，这样大家也都好有个台阶下……

嵇康　（神情恍惚）外头是在打雷么?

山涛　是太学生们在请愿，他们要你回太学开课讲音乐。

〔地上就有饭碗，山涛为嵇康倒酒。

嵇康 封公，封王，受九锡之礼，离篡位也就只有一步之遥了……还不只是篡位，是篡国，改朝换代……这是要逼我投诚吗？……一个人本心若是如何，别人就断难强求。这文章我要是不写呢？

山涛 一篇文，一条命。（停顿）你不为世俗所拘，可也要顾及夫人和孩子。世路艰难，咱们都是幼年早孤，你是也要让孩子们这样吗？你看司马氏这势头，今后就是豪门权贵的天下了，寒门书生绝难爬到高位了……

嵇康 （谛听外头的雷声）寒门书生……那些学生会怎样看我？这样的文章我不能写！我若写了，还能再让他们信什么？

山涛 你的侠气又来了！收起来！天下书生无须你操心，既然你连自己的孩子都不顾！圣人忘情，那也只是传说而已！

嵇康 我倒不是在意这点浮名，可我若是写了这个，今后恐就无脸见人了……

山涛 你若不写，今生就恐难活着出去见人了……

嵇康 （沉静地）生时安生，死时安死，死就死个清爽……

〔嵇康捧起酒碗喝一口。

山涛 （无力地）其实我是有海量，可我从未醉过……尊生以存道，全命以待时，留得青山在……

〔嵇康默默地摇头。他的神情渐渐变得平静而邈远。

嵇康 遥望山上松，长与俗人别。这宇宙八荒之气，这自然天地之理，我此生与道同在，我就绝难背道……福祸有命，亦又何求？我这一生两件最要命的事，都是因朋友而起，一是给你写绝交书，二是为吕安申辩……我忽想到太史公为李陵辩护而遭祸，其实他们原本并无多少交情，太史公只是要说公道话……不说了！今生事，今生了。（停顿）我又想起那年我在苏门山随孙登云游，老神仙临别送给我一句话，他说我是才隽而性烈，来日难免有祸……

山涛　来日已来……这酒……我倒想有碗毒酒给你喝下去……只怕是，这事你若拒绝，司马昭就断难再应诺我什么……那会死得很难看……我不敢想！

〔静场。

嵇康　（喃喃自语）死……还是活？这还真是个事。……无以生为贵，实为贵生。君子行道，忘其为身……

山涛　老死荒野才是好……

〔嵇康缓缓起身。

嵇康　（忽然大声喊）山公——

〔这称呼令山涛有些愕然。嵇康朝山涛深施一礼。

嵇康　（情绪旋即平复）孩子就托付于你了。有山公在，他们就不是孤儿。……绍儿还小，男儿还是要有点作为好，但教他切莫学我这般。小女也有十多岁了，过几年给她找个好人家，嫁了便是。亭主也请多照拂，跟了我这些年，她也没过上多少好日子……

山涛　（痛苦地）叔夜……为何不要我救你？！

嵇康　我一死了之容易，你在这世上活着实难，且还要照顾这罪人妻子。就当我是自私，我先选了这容易事，将这难事留给你……

山涛　（绝望而冲动地）叔夜！他不许为你乞全尸！

嵇康　（深深一拜）巨源兄多珍重，小弟先走一步……

〔静场。

〔收光。

〔后景高处另一光区。

〔雷声愈近。起风了。

〔洛阳东市刑场。嵇康披枷戴锁跪坐于行刑台上，他乱发飘萧，神色凛然而疏淡，凛然中有某种萧索和寂寞，疏淡中亦有某种茫然和超然。他缓缓仰首望一眼天光，又望着刑场外的人群。

嵇康　（自语）时辰未到，这最后的光阴真是不好过。……学子们不是要听《广陵散》么？太学我是回不去了。神人授我以此曲，要我发誓秘不示人。袁博士总闹着要听，可也未能如愿。待会儿我一死，这曲子也就失传了。我不愿这曲子成绝音，我就不妨弹一遍，只恐他们也记不住多少……

〔轰隆隆的雷声。

〔监斩官给嵇康打开枷锁。

〔嵇康盘膝而坐。曹璺默默地送上琴匣，她为嵇康打开琴盖，双手将琴呈给丈夫。他们凄然相望，默然无语。曹璺静静地离场。

〔嵇康揽琴在膝，深吸一口气，然后定神绝虑，屏声敛息。目光如秋水般沉静，淡然而悠远。手指拨动琴弦，似有无限情思。

〔雷声渐息。

〔嵇康左手攫援抑扬，右手摽拂徘徊，指掌反覆，弦曲渐起，此乃《广陵散》之小序，悠缓，苍凉，悲郁而深情……

〔向秀走到台口，默默地遥望弹琴的嵇康。

向秀　在山阳，我跟嵇康吕安都住得近……在洛阳，我看到了这最后的一幕。琴以载道。圣人作琴，天地万物之声皆在其中。有天地万物之声，非妙指无以发。这是他誓不示人的珍藏，连我也未曾听过，只因这是他的心曲……

〔向秀扯乱自己的双丫髻，从怀里摸出一个发套戴上，便立时变成了一个白发苍苍的老者，像是古时候的智者或是仙人。

仙人 自从我的头发由黑变白以来，我就从未见过这样的事——惊天地，泣鬼神，这件事发生在六百年前的韩国，嵇康《广陵散》说的便是这件事……

〔琴声渐变，更为清越和激昂。

〔暗场。琴声持续。

【齐地】

〔光渐起。

〔演员们也许不必穿古装，表演应有某种原始的野性，某种质朴而纯粹的力度。

〔琴声持续。此乃《广陵散》的正声主调，主题是悲壮、愤怒和复仇。

〔齐国乡野。后景中仍是嵇康向秀的那个锻铁炉。炉火熊熊燃烧，赤膊的聂政和姐姐聂荌在打铁。聂政抡大锤，聂荌挥小锤，姐弟俩配合默契。他们是在锻打一把剑。（聂政由嵇康扮演者饰；聂荌由曹璺扮演者饰。）

〔他们暂歇一会儿。聂荌倒一碗水给聂

政喝，大汗淋漓的聂政将这碗水一饮而尽。他们相视而笑。

〔有蝉鸣，有雷声，遥远的雷声。琴声暂停。

〔聂政拿起地上的一把剑，此乃钟会诬陷嵇康时显现的锻铁炉边地上的那把剑。

聂政　（持剑走向前台，面向观众，独白）母亲过世三年了，我为母亲守孝三年，如今姐姐也出嫁了，我便想起了那件事。我今日想起那件事，其实我何曾有一日忘过！在我穷困潦倒的时候，严仲子拿我当朋友，他拿黄金来为我母亲祝寿，他让母亲看到我聂政也是有朋友的人，而且这朋友是身份高贵之人——人家是韩国的大夫，是诸侯之卿相！我聂政本也是读书人，无奈家贫难以为继，不得已降志辱身与屠狗之辈一起混，而严大夫看得起我这市井之人，我只不过是有点见义勇为的小名声，严大夫却视我为高义之士。他不远千里来齐国结交我，他知我并非是庸人，他视我为君子，并以国士之礼待我。他待我为国士，我理当以国士之行报之。士为知己者死，女为悦己者容。母亲在世时，我不忍出门，如今我无牵无挂，就是该报严仲子知遇之恩的时候了。有了这一番结交，我不能装作没这事……

聂荌　（走向前台，面向观众，独白）弟弟！你是要为严仲子报仇么？严仲子与你结交，那是有他自己的企图。他拿黄金来为母亲祝寿，咱们可也没收下。那天你跟他说你不敢当，无功不受禄，他说只是为了交你这个朋友，无礼不成敬意，他说并不敢指望求你为他做什么。自那之后他就再也没来过，或许这事他早已忘了，或许你这朋友他也早已忘了。

聂政　（依然面向观众，独白）大丈夫一诺千金。严仲子不再现身，他是不想使我为难。

那时我跟他说，家有老母在，我不敢以身许人。君子之交淡如水，他自然不必再来找我，不必再刻意提醒我那件事，只因他相信我的承诺。他知道我既已以身相许，就早晚会去找他。咱们当初是没收下他的黄金，可我收下了他的另一件礼物，这便是他的信任。这是比黄金更珍贵的礼物。我聂政何德何能配受这样的礼物？其实这些年我心里最清楚，我只有以行动才能证明这个，证明我配得上这样的信任。

聂婴　（依然面向观众，独白）我的好弟弟！严仲子不再来咱家，或许他的仇已经报过了。姐姐既已嫁人，就难以事事为你操心了。我回来给母亲上坟，也就是想再劝劝你，你也该成家了，往后断不可脑子一根筋。我想说的是，你为朋友报仇是大事，难道咱们的父仇就不是大事吗？父亲为韩王铸剑，只因误了工期，就被那韩王杀了，咱们就只好逃到这齐地，那时候你还没出生……

〔他们默默转身，望着那锻铁炉的火，还有那把剑。

〔琴声再起。嵇康的《广陵散》，琴声渐有怒气。

聂政 （痛苦地）这么多年来，你从未对我说……

聂嫈 奈何我是害怕你这脾气……不要去阳翟！

聂政 （悲愤地）杀父之仇不报，我怎还有脸在这世上活！

聂嫈 可是那杀父的仇人已经死了。老天有眼！听说他是打猎时给雷劈死的！老天爷已经给咱报了仇！

〔静场。短暂的琴声。

聂政 老天爷多事！这个仇我要自己报！韩王死了，我要杀他的儿子！

聂嫈 万万不可！（停顿）……他这个儿子就是当今的韩王，可听咱们轵县老家的人说，这个韩王是明君！老家人日子都比咱们过得好……

聂政 可我听说那个韩傀是奸相！韩傀就是严仲子要我杀的人。严仲子跟我说了这件事，他并不担心我泄漏了口风，也不担心我去向韩傀告发并讨赏。这年头很多小人都是这么干，可严仲子绝不担心我，是因他坚信我绝不是小人，他来找我就是视我为君子。后来我也听说韩傀擅权营私害死了好多人，严大夫也是遭了他的迫害，这才躲到了卫国的濮阳……

聂嫈 不要去阳翟！朝廷的事咱草民百姓哪弄得清！若果韩傀是奸相，韩国人日子还过得这么好，那反倒是说国君治国有方了，苍天保佑他！

〔聂政苦闷地走到舞台一角，此乃嵇康临刑时的行刑台，那里有一个琴匣，正是嵇康的琴匣。聂政打开匣盖取出琴来。

聂政　（独白）三年来，我一边给母亲守孝，一边击剑学琴。我跟仙人学琴，三年学成一曲《鹿鸣操》，三年练就这手绝艺。我学琴是因那奸相兵卫严密，生人难以近身，只因他那夫人好琴曲，每当有名琴士路经韩都阳翟，他就总要请到府上助兴……

聂嫈　不要去阳翟！

〔聂政弹琴，此乃《广陵散》的某种躁急之音。

〔仙人在台口现身，静静地望着弹琴的聂政。

〔光渐收。仙人依然伫立原处。

【韩都】

〔后景光渐起。仙人依然站在台口。

〔演员们也许不必穿古装，表演应有某种原始的野性，某种质朴而纯粹的力度。

〔《广陵散》乐音持续，更峻急猛厉，更慷慨激烈。

〔韩都阳翟。

仙人 琴之为乐，可以静思虑，可以绝尘俗，可以发幽情，可以养精神，可以摄心魄，可以壮胆气，可以感天地，可以通鬼神。琴士不易得，而知音亦难也。（停顿）义无反顾，他来了！在韩都阳翟，他以琴艺闻名，那是我传授给他的《鹿鸣操》。满城争说这个新来琴士琴艺高，丞相府自然是要先睹为快。严仲子欲给他配车骑壮士同行，聂政却选择了独往。他恐人多泄密，而若有人被俘，就难保不把严仲子供出来，那定会给严仲子招祸。

〔后景光区。聂政与严仲子缓缓走向对方，他们神情庄重地互拜。定格。（严仲子由阮籍扮演者饰）

〔前景光区。相府。身材粗壮的韩丞相韩傀现身。（韩傀由山涛扮演者饰）

〔后景收光。

仙人　丞相夫人抱病卧床，她是在屏风后赏曲。聂政勇力过人，而韩傀亦有搏虎之力。

〔仙人隐去。

〔聂政在嵇康临刑弹琴的台位弹《鹿鸣操》，琴声先是舒缓悠远，韩傀便有些昏昏欲睡。聂政抓过琴匣，转瞬间从中取出一把利剑。韩傀顿觉异常。

聂政　（厉声）韩傀老贼！看剑！

韩傀　（惊叫）左右弓弩手！

〔韩傀也旋即拔剑相向。

〔琴声持续。这是《广陵散》最狂乱最激烈的杀伐之声，戈矛纵横，如奔雷闪电。

〔聂政韩傀怒目切齿，奋力搏击，聂政勇猛而暴烈，而韩傀也是一条壮汉，他的身材比聂政更粗壮，力气也就更大。他们嗷嗷喊叫着，一番搏杀几乎难分胜负。聂政动作更为凶猛，而韩傀已有些气喘。韩傀已受伤，但他也变得更狂暴。又是一个回合，韩傀剑落，便抓起琴匣砸向聂政。琴匣落地，便砰然破裂。聂政飞步向前，一剑刺穿韩傀胸口。

〔聂政挥剑冲出相府，跑到郊外一片野地。他的伤口在流血。（追光）

〔聂政狂乱地以剑刃割破脸皮，又号叫着抉出双眼，又以剑刺腹，剖出肚肠。他倒地而死。

〔琴声戛然而止。静场。

〔收光。

〔另一光区。廷尉现身。（廷尉由钟会扮演者饰）

廷尉 贼以琴艺进献刺杀丞相，又自毁面目不可辨识，有知其名姓者速来举报，查实重赏千金——

〔后景光区。聂荌挟一花布包袱现身，此刻她是男装打扮。

〔琴声再起。此乃《广陵散》的乱声主调，主题是悲愤、伤悼和颂扬。

廷尉 国君有令！贼弑国相，其罪当剐，贼既自裁，罪有应得。着当暴尸扬灰，他人不得擅自掩埋，违令者斩！

〔收光。

〔后景光区。追光。聂荌缓缓走来，她踉踉跄跄地走近聂政的尸体，悲痛欲绝。

聂嫈 （失声哭喊，又强抑悲恸，身体却在颤抖）我的好弟弟，你就这样死去了。你毁了父母所给的身体，可我还是能认出你。我能认出你的衣服，这是我亲手给你做的衣服。我也认得你的头发，我用山泉给你洗过的头发。还有你的牙齿，你毁了自己的面目，可我依然能看见你的笑容……

〔聂嫈边说边脱下身上男装，将其盖在聂政尸身上。接着她又从包袱里取出铁壶，洒了三次酒水祭奠弟弟。她又缓缓地打开包袱，包袱里是细细的干沙。她默默地捧起沙土洒在弟弟身体上。

廷尉 大胆刁民违抗禁令！本官早有宣示，不许人埋葬，也不许人哀悼，要让这贼人暴尸三日，给猛禽和野狗当食吃，要让人看见他不成人形！（停顿）他身上怎么多了一层新衣？

聂嫈 我从齐国一路赶来，我一个妇道人家行路不便，便穿了这身男装……

廷尉 你是谁？

聂嫈 （自语）也正好给弟弟换身干净衣服……

廷尉 弟弟！……那么……你是她姐姐？你们是齐国人？

聂嫈 我们本也是韩国人，老家就在轵县深井里。

廷尉 好好好，你这也算是在举报，可这赏金你恐是拿不到了，本官早已宣布禁葬令，违令者立斩。合城只有你一个人敢违抗，那么，法令严明，必须取信于民，我也不会因为你是个女人就开恩。告诉我，你知不知道有这个禁葬令？你没看见那些四处张贴的告示吗？

聂嫈 我当然看见了。

廷尉 那么你还敢？

聂嫈 我只是要埋葬自己的弟弟，我要弟弟入土为安。他本也是个爱面子的人，我要让他的灵魂体面地离去。弟弟为人仗义，而我也有我的道义，我不能让他忍受这暴尸荒野的侮辱，神灵和祖先都在看着我，天理人伦都要我这样做！你的国法王法我不管，我只知你的禁令是犯天条。犯天条，伤天理——伤天理是要遭雷劈！（停顿）丈夫死了，我可以再找一个；孩子丢了，我也可以再生一个；而今我的父母已长眠地下，就再也不会有一个弟弟生出来……

〔静场。远处有隐隐的雷声。廷尉似也真有几分恐惧了。

〔聂嫈的手一次又一次地抓起一把把沙土，沙土绕过她的头顶飞撒开去，一圈又一圈，划出一个又一个优美的弧线。这是一个庄严肃穆的仪式。

廷尉　不许埋葬！不许哀悼！我所宣布是国君的法令！你必须遵从！

聂嫈　不！我有权埋葬我的弟弟！

廷尉 国法没有这一条！

聂婺 国法没有这一条，可这是不成文的天条，我就不能不遵从，这是天理，也是天意！

廷尉 天条违背国法，你就必须遵从国法！

聂婺 国法是人制定的，人都是凡人。凡人不能下一道命令就废天条，这天条虽没文字写在纸上，也没人知道它是何时出现的，但这天条是永久有效。我若因别人阻止就违背这天条，那么我也会受惩罚。

廷尉 可你违犯国法的惩罚是送死！

聂婺 我知道我是会死的，怎会不知道呢？若是在我该活的寿限之前死去，这倒是件好事，既然这苦日子不好过，死了反倒是得到好处了。我不为遭受这样的惩罚而感到苦，但若弟弟死了不得埋葬，我就会痛不欲生。如今既然是这样，我也就安心了。

廷尉 （嘟哝）安心……我看你是在做傻事……

聂婺 我倒是想说，那说我是傻的人才是傻。

廷尉　（气急败坏地）我不跟你磨嘴皮子了！

聂嫈　那么你还想拿我怎么样？

廷尉　不想怎么样了！你决计要死，我就成全你！

聂嫈　那你为何还不下手？（停顿）我这样一个苦命人，除了在埋葬弟弟这事上能得到些荣光，还能从哪儿得到更大的荣光呢？（环顾四周）这些人全都会赞成我的做法，他们只因害怕而闭口不说。

廷尉　（延颈四望）这些人会向你扔石头——只要我一声令下，他们就会这么干！你就会死于民众的乱石之下！

聂嫈　他们要扔就扔吧！我遵从天理天条而犯罪，正可以跟弟弟躺在一起，亲人永远陪伴着亲人。我将永久得到地下那些亲人的欢心，那里也有我的父母，这强似去讨活人的欢心。

廷尉　他杀了人！

聂嫈　那被杀的也害死了好多人！

廷尉 不许诽谤朝官！我要知道这贼人是谁？

聂嫈 他不是贼人！他是我弟弟！

廷尉 好吧，他——你这弟弟，他是什么名姓？

聂嫈 姓聂名政！（转身面向观众，大声）河内轵县深井里人聂政！

廷尉 你再告诉我，他为何要挖眼毁容弄成这副样子？好吓人！

聂嫈 他就是不想让人认出来！他不想泄露那雇他复仇的人，也不想连累他的姐姐。先前的义士都愿以死成名，而弟弟甘愿死而无名，虽死而不恨！弟弟忍痛自残，可我不能愧对他的亡灵！我冒死前来，就是要为他扬名！

廷尉 可你这是在送死你明白不？

聂嫈 我不能因为怕死就埋没了弟弟的名声。

廷尉 那个雇他复仇的……可真是有知人之明啊！知人，得士……他究竟是谁？

聂嫈 弟弟以死保守这个秘密，你如何指望我说出来！

廷尉　你若说出来，我可免你一死。

聂娄　你们的法令就是这样随口而出。

廷尉　你若招供，也就算是立功赎罪了。

聂娄　我没罪！我若供出那人来，就是玷污了弟弟的名声！

廷尉　你这个小女人我还真就没治了？！真是好固执！

聂娄　我是做我认为应该做的事。老天爷也在看着我，我父母也在看着我。

廷尉　我说你是在找死！

聂娄　我来就没想活着回！

廷尉　来人！那边有个石洞，那是谁家的空坟？把这个小贱人给我关进去！

聂娄　（激愤地冲着观众）好心人请记住！我弟弟聂政是义士！河内轵县深井里人！

〔聂娄飞快地从怀里掏出一把剪刀。

聂娄　（急迫地）啊！让我再看一眼这天光！（呼号）天啊——

廷尉　（欲夺剪刀，惊呼）烈女啊！

聂嫈　好弟弟！我来了！

〔聂嫈自刺胸口扑倒在弟弟身上。

〔琴声悲怆而激烈。

〔探照灯刺目的光亮缓缓扫过舞台。

〔仙人的身影出现在台口，他默默地望着这一幕。

〔光渐息。暗场。

【终场】

〔激越的琴声延续至此。

〔光渐起，仍是嵇康在原位弹琴。地上是聂政刺韩时碎裂的琴匣。

〔仙人的身影仍在台口，他静静地取下发套，便复为书生向秀。他默默地遥望刑台上的嵇康。

〔蓦然间砰的一声，一根丝弦崩断了。弦断声犹在，余音袅袅。

嵇康 （沉静地）《广陵散》从今就成绝响了……

钟会 （后台喊）时辰到——

〔雷声隆隆。一片血光。

〔探照灯刺目的光亮缓缓扫过观众席。

〔暗场。

〔下雨了。

〔风吹雨幕。向秀孤零零一个人站在台口，他手握一卷古书。

〔天幕或为纸幕，此乃古版横轴《竹林七贤图》。若是如此设计，则此后演员可与画中人合一，或穿破纸幕走出，或以动作撕破纸画，最后只剩残破的画卷，甚至最后可由拾荒者缓缓地将其揉作一团。拾荒者或可将其投入那个锻铁炉。焚画。生光。

〔拾荒者的这些动作将伴之以序幕中的那种噪音：某种空洞而昏沉的隆隆响声，某种巨大的混杂的噪音，像是黎明时分半梦半醒中隐隐可闻的那种含混的轰鸣声，依稀可辨的是其中有某些机械撞击的刺耳的声响，有类似老式垃圾车装卸时的哐当声，类似建筑工地的那种单调而沉重的打桩声……

向秀 （庄重地）时移世易，风流云散，那场竹林之游恍若梦境，那些放浪不羁的日子也成了梦影。然而我见证了这一切，我见证了这些虎狼之人的游戏。这个兵荒马乱的时世，杀气与文气同在。死亡是真实的，偷生也是真实的。嵇叔夜拒写劝进文，散骑常侍阮嗣宗却是躲不过了，他写了，他在袁博士家醉酒而书，一挥而就，不改一字。可是写过没多久，人也就死去了……（阮籍在后景中出现）有司马氏罩着，他看上去活得最自在，其实他内心里最苦！嵇叔夜直抒胸臆，山巨源与世沉浮，而阮嗣宗凡事都是忍着……“终身履薄冰，谁知我心焦！”……在那最后的日子里，他时常独自驾着牛车远行，率性随意往远处走，直到前方不再有车辙，直到野路都走不通，实在无路可走了，他便放声大哭一场，直到哭够了他才掉头返回……

〔后景中的阮籍倒在地上，似在无声地抱头大哭，接着便缓缓舒展四肢，然后又蜷曲起身子，一动不动了。

向秀 我也无处可逃，我只不过是个专研《庄子》的学者。嵇康被杀之后，我便去洛阳谋了个闲职混事，不图别的，只为立身安命，只为保家族平安……苟且偷生。圣人曾经说，邦有道则仕，邦无道则隐，可是谈何容易！人在世间行走，该有几多无奈的情由！即便是铮铮傲骨的嵇康……（停顿）任自然以托身，并天地而不朽，嵇康与道逍遥，可谓视死如归。可是看看他那篇遗书，他在狱中写的那篇《家诫》，关于为人处世，他竟有另一番说道。你就绝难想到，这与那位遗世高人是同一个嵇康……

〔后景光区。曹璺教儿子读《家诫》（儿子以小布偶充当）。

曹璺 谨慎的人最有福，狂言妄语会招祸。绍儿，你应切切记住这些话，这是你父亲的告诫……还有这一条教训也记着：对待本地长官，只宜尊敬他即可，不应和他过分亲近，往来也不宜太多。若要去拜访，也应注意时机。若是有人在场，走路时就不要和他一起落在后头，也不要在他家里留宿。之所以要你这么做，是因为长官喜欢打听外头的事情，外头有些事若是被揭发出来，那被揭发的人就会找原因，没准那天在场的人就会跟他说，说是看见你跟那长官单独说过悄悄话，那么他就会以为是你说的，他对你的猜疑也就来了，而猜疑又会变成怨恨。多做少说，凡事谨慎，学会保护自己，就会少招猜忌和怨恨……

山涛　多年之后，绍儿长大成人了，我便举荐他为官。那年绍儿来到京师洛阳，洛阳俊男无数，人们却从没见过这样的美男子，有人惊叹道："这简直就是鹤立鸡群啊！"（停顿。面向观众，但是自语）“鹤立鸡群”这个词，就是这么个来历。

向秀　昂昂然若野鹤之在鸡群。王戎当时就在场，他听到这话便大声说：“你们也是少见！你们这是没见过当年他父亲！”

〔**后景高处，嵇康在抚琴。**

阮籍　（拎着酒壶）王戎这厮今日没来，我总骂他是俗物，他只留下了一个吝啬鬼的臭名，也许他是在学我，是在“装”，毕竟他是我带出来。世道恶浊，自污是为自保，可他装得很成功，他做官最后做到了位至三公的大司徒，丞相的级别。他们琅琊王氏历经几世经营，后来成了江南第一高门，这小子也被尊为家族的先贤。

向秀　不作恶，且苟活。王戎随波逐流，不过我还是拿他当朋友，毕竟他还是个念旧之人。彼时他已贵为尚书令，某日途经山阳那家黄公酒垆，想起我们当年的竹林之游，他还是大大地伤感了一番。沾了竹林的光，这厮也算是七贤中的一个，好在他也珍惜这美名……

钟会　人过留名，雁过留声。我钟会本是文韬武略之人，奈何妒嫉使我走上了不归路。我妒嫉嵇康的名，我借司马昭之手除了他。我又妒嫉司马昭的权！嵇康死去过一年，我带兵灭了蜀国，接着我就想拥兵自立，结果是被司马昭给灭了。人算不如天算，我聪明一世万事如意，最终却落得这样的下场。（停顿。面向观众）我本也是才华横溢之人，但却并未能留下一篇传世文章，留下的只是这骂名。我真的是该闭嘴了，那么，就算留给你们这人生教训吧。（停顿）不必为我鼓掌，谢谢！（鞠躬谢幕）

向秀　人死如灯灭，而文章不死。（翻动手中古书卷）嵇康说我必将著大名于天下，我的《庄子注》却是被郭象剽窃了，当然这是在我死后。你们只知有郭象不知有向秀，无所谓，好在我还有一篇《思旧赋》。嵇康死了，我不得不去洛阳做官。那天我向嵇康的山阳故居告别，物是人非，悲从中来，真是欲言难言！那一刻，我忽然闻到了笛声，风中飘来的笛声……（笛声）那也许是邻家牧童的笛声，那么悠扬，那么清亮，那是复活的音乐，是嵇康的琴声……（嵇康的琴声）嵇康的琴声不再是绝响，千百年后的人们也听到了，嵇康的会稽老乡——那个叫作鲁迅的文人也听到了。嵇康的风骨也传给了他这位老乡。鲁迅神往所谓“魏晋风度”，他也喜爱我这篇《思旧赋》。仰赖他的喜爱，这篇不到两百字的短诗也成了传世美文。你们都该读过鲁迅那篇《为了忘却的记念》，他在文中写道：“年轻时读向子期《思旧赋》，很怪他为什么只有寥寥的几句，刚开头却又煞了尾。然而现在我终于懂了。”……谢谢他，他懂了。（停顿）也谢谢嵇叔夜。（转身遥望抚琴的嵇康）他是伯牙，我不敢说自己是子期，但我也是懂他的，也算是他的知音。（停顿）感谢！（向观众鞠躬谢幕）

阮籍 谢幕的时候到了。我们这些人其实早已在历史中谢幕了，这样的一群怪人后世可再有过么？千载寂寥，今晚幸会！那么，我再一次向你们告别，感谢你们还记得我。作为传说中人，我还是有句话要说，请不必在意我那些伤风败俗的奇闻、那些佯狂没正形的段子，忘掉我那最有名的“扪虱清谈”的故事，很尴尬，很难为情，好在你们想必是没见过虱子了。我这人其实是外荡而内淳，我的真心藏在我的诗文里，就是那八十二首《咏怀》诗。其中就有这样一句：“谁云玉石同？泪下不可禁。”……这能使你们联想到曹雪芹吗？曹雪芹的字是“梦阮”，就是梦见我阮籍。那个宝玉也是像我，都是“情痴”！这句子出自我的第五十四首《咏怀》诗，而我也就活了五十四岁。好，不啰唆了，此刻我是如此庄重地向你们作别，不再得意忘形，此刻我没醉，此刻我不装，也不再翻白眼……（向观众鞠躬致谢）

山涛 喜欢谁他就青眼有加，讨厌谁他就白眼相向，青眼有加，翻白眼，这些词儿也都是从他这里来的。惭愧！我没文章留下，留下的只是只言片语，我说嵇叔夜为人若孤松之独立，醉态如玉山之将倾。……玉山倾倒，这词儿也就从我这里来了，你们不知这出处，这没什么。我无文章传世，倒是嵇康的一纸绝交书让人们记着我，我可真是别有一番滋味在心头。（自嘲地）好在我这个人宽厚有器量。……要说我也是位至三公的大司徒，也是相国级别，后人却不记得这个。（手摩杖节）我有我的为官之道，我位极人臣，却是不贪权，不逐利，官场上我是少有的清廉。和光同尘，却是洁身自好。直到我死后，皇上才发现我的儿孙们都挤在一起，没个像样的住处。你们不知道这些事，你们也没兴趣。（停顿）嵇康托孤于我，我珍重这份信托，我与他契若金兰。（望着后景的曹璺和那个布偶）嵇康为司马氏所杀，我还要让他的独子在司马朝做官吗？世道无常，这事我还是想通了。（曹璺抱着布偶走向前台）我对绍儿说：天地四时，犹有消息，而况人乎？！（向观众鞠躬）

曹璺　有山公在，我儿不孤。这就足可告慰叔夜了。（遥望后景高处的嵇康）绍儿为官，那已是司马氏的天下了。后来他们司马氏内乱，绍儿拼死保卫皇帝，自己也搭上了一条命，皇朝赐给他的谥号是“忠穆”。（停顿）绍儿舍身保护的人是司马衷，晋惠帝司马衷，大饥荒那年，大臣们奏报说老百姓饿得没饭吃，这皇帝却怎么也想不通，他问："百姓无粟米充饥，何不食肉糜？"——老百姓没米吃，为何不去吃肉粥呢？……（停顿）我也真是无话可说了……有时候我望着天，想：我孩子的灵魂而今在哪儿？……谢谢观赏！（鞠躬谢幕）

〔他们默默地望着后景高处，嵇康仍在抚琴。

〔琴声止。风声起。嵇康携琴缓缓走向前台，也望一眼地上那个碎裂的琴匣。

嵇康 殉道，就义，这些话题都太沉重，但也都是实事。人生寿促，天地久长。最后那一曲我算没白弹，他们——那些太学生们还是记住了，《广陵散》有幸未在我这里成绝响，我心甚慰！生逢太平世道，你们未必爱听这壮烈之声，无妨，但这琴曲使他们不至于被岁月所埋没。那时候还真就有过那样的义人！轵县深井里人聂政，还有他的姐姐聂嫈。即便你对聂政的行为不怎么理解，那么也请记着他的姐姐。感谢！

剧终